UN DETECTIVE IMPROBABLE

Editorial Bambú es un sello
de Editorial Casals, SA

© 2024, Fernando Lalana
© 2024, Editorial Casals, SA, por esta edición
Casp, 79 – 08013 Barcelona
editorialbambu.com

Ilustración de la cubierta: Francesc Punsola
Diseño de la colección: Estudi Miquel Puig

Primera edición: febrero de 2024
ISBN: 978-84-8343-949-4
Depósito legal: B-268-2024
Printed in Spain
Impreso en Anzos, SL
Fuenlabrada (Madrid)

El papel utilizado para la impresión
de este libro procede de bosques
gestionados de manera sostenible.

Cualquier forma de reproducción, distribución,
comunicación pública o transformación de esta
obra solo puede ser realizada con la autoriza-
ción de sus titulares, salvo excepción prevista
por la ley. Diríjase a CEDRO (Centro Español de
Derechos Reprográficos, www.cedro.org) si necesita fotocopiar o escanear algún fragmento de
esta obra (www.conlicencia.com; 91 702 19 70 /
/ 93 272 04 45).

UN DETECTIVE IMPROBABLE

FERNANDO LALANA

EDITORIAL

EL SUICIDA IMPROBABLE (1992)

Toda la desazón que me embarga por el camino desaparece de golpe cuando abro la puerta y entro en nuestro portal de la calle Estébanes, 9 duplicado. Al momento, tengo la convicción –la certeza, más bien– de que algo va rematadamente mal.

Una vez más.

Reconozco al instante el olor acre, intensísimo, que me golpea las fosas nasales como una coz. Olor a desastre, a incendio forestal de clase cuatro, que invade todo el hueco de la escalera y desciende hasta el zaguán del edificio.

–Maldita sea –susurro asustado, sacando del bolsillo un pañuelo con el que taparme nariz y boca.

Conforme subo apresuradamente las escaleras, la intensidad de la peste a chamusquina aumenta hasta límites insoportables. Confío en que, pese a todo, no se hayan producido víctimas mortales. No muchas, al menos.

Llego sin aliento a la segunda planta, saco del bolsillo las llaves de casa que, con los nervios, se me caen de las manos; las busco al tentón por el suelo del rellano; las recupero. Tintinean siniestramente.

Cuando abro la puerta de nuestro piso, el espectáculo resulta dantesco: una nube de humo pegajoso y blanquecino navega a media altura por nuestro cuarto de estar, mientras Lorena −el balcón abierto de par en par− intenta aliviar el ambiente agitando arriba y abajo un ejemplar de la revista *¡Hola!*

−¿Qué ha pasado aquí?

−¡Ah! ¡Fermín, vaya susto! Nada, no pasa nada. Que se me han quemado los garbanzos. Un pequeño despiste.

−¿Otra vez?

−¿Cómo otra vez? Ni que me ocurriese a diario.

−La semana pasada, por ejemplo.

−¡No! No, no, qué va... Entonces fueron lentejas, no garbanzos. Hay una diferencia.

−Ya. ¿Has retirado la olla del fuego?

Lorena me mira a través de la bruma tóxica, con los ojos muy abiertos, enrojecidos como los del conde Drácula.

−¡Huy! Me parece que no. Será por eso que cada vez hay más humo, aunque he abierto todas las ventanas.

Maldigo de nuevo, para mis adentros; corro a la cocina, apago el disco y retiro con el codo la olla con los garbanzos que, en efecto, seguía al fuego, y a estas aturas parece una maqueta a escala Ho del reactor número 4 de Chernóbil. La humareda me ahoga. Tomo un paño de cocina, lo empapo bajo el grifo y me lo coloco sobre la cara.

−¡Huyamos! −le grito a Lorena, entre aspavientos−. ¡Deja todo abierto y salgamos de aquí o moriremos de inmediato!

−¡Qué dices! ¡Pero si no es nada, Fermín, no exageres! Ventilamos bien y hago enseguida otros garbanzos. Dame veinte minutos.

–¡No! ¡Más garbanzos, no, cariño, por Dios! ¡Ni se te ocurra! ¡Vámonos a comer al Tobajas! ¡Invito yo!

–¡Anda! ¡Qué buena idea!

TOBAJAS

Lo de comer en el Tobajas es un eufemismo, una especie de propuesta genérica de comer fuera de casa, en algún sitio cercano. En realidad, el restaurante Tobajas –durante décadas, toda una institución en el Tubo zaragozano– cerró hace ya varios años, al igual que Teófilo, Casa Colás, el Cantábrico y tantos otros. El Tubo ya no es lo que era. Tampoco, lo que será dentro de unos años.

–¿Adónde me vas a llevar? –me pregunta Lorena, coquetuela, cuando alcanzamos la calle apestando como operarios de una plataforma petrolífera.

Lanzo una mirada circular, en busca de inspiración. El Triana sobrevive a cincuenta metros escasos de nuestro portal, pero el camarero es insoportable. Por alguna razón, nos odiamos desde la adolescencia. Descartado.

En Bodegas Almau no dan de comer. Solo gildas y anchoas en salmuera. Descartado.

El Hermógenes es demasiado caro. Bien para un cumpleaños, pero mal para un día cualquiera. Descartado también.

De pronto, se me ilumina la frente con una idea brillantísima.

–Me he enterado de que uno de mis compañeros del bachillerato es dueño de un bar de los de toda la vida. Dan comidas y no está muy lejos de aquí.

—Me parece estupendo, Fermín. Me encanta probar sitios nuevos.

LA COMADREJA PARDA

En poco más de cinco minutos nos plantamos en la plaza de Santa Marta.

—Ahí lo tienes.

Lorena contempla la fachada de La Comadreja Parda y trata de sonreír sin conseguirlo. Una enorme comadreja de madera tallada nos mira sonriente desde lo alto de la cornisa, junto al rótulo de Mirinda. Sostiene en la pata una jarra de cerveza.

—Un poco... cutre, ¿no? Vamos, así a primera vista.

—Eeeh... Bueno, bueno, no hay que dejarse vencer por los prejuicios. Vamos a darle una oportunidad. Quizá simplemente dé una mala primera impresión. Espera aquí.

Entro al bar mientras ella permanece fuera.

Uf... No consigo imaginar el grado de corrupción del funcionario de Sanidad capaz de dar licencia de apertura a un establecimiento como este. Cuesta caminar porque te quedas pegado al suelo a cada paso. Los montaditos de guardiacivil, especialidad de la casa, tienen pinta de haberse cuadrado al paso del general Palafox. En una de las mesas, dos hombres corpulentos están comiendo con el sombrero puesto. De pie, al otro lado de la barra, reconozco a Nemesio Fernández. Iba justo detrás de mí en la lista de clase: ... Dámaso, Escartín, Fernández, Fraguas...

Él se me queda mirando y, tras un instante de duda, me señala con el dedo.

–Tú eres Escartín, ¿verdad? Chico, estás igual que entonces. ¿Cómo lo haces?

Estoy a punto de devolverle el piropo, pero no me sale. Nemesio no está igual. No. Ni por asomo mantiene el aspecto de los años del bachillerato. Encorvado y medio calvo, luce sobre el labio superior un bigote recio, recto, negro, espantoso. Me recuerda a mi tío Eusebio, el matarife.

–Hola, Nemesio. ¡Cuánto tiempo! No sabía que tuvieras este bar.

–De toda la vida. Lo fundó mi padre. Cuando tú y yo íbamos al colegio, ya era el negocio familiar.

–Qué cosas. He vivido siempre en el casco viejo y nunca había entrado aquí.

–Sí, lo recuerdo. En la calle de los Estébanes, ¿verdad?

–Ahí sigo.

–¿Con tu padre?

–Mi padre murió.

–También el mío.

–Lo siento.

–Y yo.

Nos quedamos en silencio, sin saber qué más decir.

–Estooo…, ¿te has casado?

–No, aunque… No, todavía no… ¿Y tú?

–Sí. Hace un par de años.

–¿Con esa? –me pregunta, señalando a Lorena al otro lado de la cristalera, con un movimiento de las cejas–. Caray, qué guapa.

Cierto. Lorena es muy muy guapa; aunque no sé cómo Nemesio ha podido apreciarlo a través de la mugre que cubre la luna hasta volverla casi opaca.

–Gracias. Oye, ¿podemos comer en una mesa de las de fuera?

—Entre semana, solo tengo menú del día.

—Perfecto.

—Sentaos donde queráis. Os mando al chico.

«El chico» nos dobla la edad a Nemesio y a mí, se llama Pepe y se parece a Pepe Rubianes. Nos canta el típico menú de dos platos y postre, pan y vino incluidos; elegimos ensalada y macarrones, escalope y albóndigas.

—¿Y de beber?

—Agua —responde Lorena.

—¿Mineral o del grifo?

—Mineral. Y no me traiga vaso, que la beberé directamente de la botella.

Pepe la mira atravesadamente.

—Para los macarrones, ¿quiere plato o se los comerá directamente de la perola?

—Muy gracioso.

—Lo digo en serio.

—Plato.

—Allá usted.

GERDA

—¿Postre? —nos pregunta Pepe, media hora más tarde, tras una comida inesperadamente apetitosa—. Tenemos *strudel* de manzana o manzana a secas.

—¿El *strudel* es casero?

—Por supuesto. Los hace Gerda, nuestra cocinera alemana.

—Alemana, ¿eh? ¿Y de dónde ha sacado Nemesio una cocinera alemana?

–¡Huy!, España está de moda en Alemania. Vienen tantos teutones a vivir aquí desde que ingresamos en el Mercado Común que ya no sabemos qué hacer con ellos. Gerda quería trabajar en Benidorm, pero ya no quedaba sitio. Su segunda opción fue Zaragoza.

Lorena y yo nos miramos de reojo.

–Lo cierto es que hemos comido de maravilla. Felicite a Gerda de nuestra parte, Pepe.

–Lo haré ahora mismo, a ver si me gano un beso. ¿*Strudel*, pues?

–*Strudel*, sí.

–Que sean dos.

–¿Tres en total?

–No, hombre. Uno y uno.

–Solo dos, entonces. A ver si se aclaran, que uno no está aquí para perder el tiempo.

CONFESIÓN

Hablando de tiempo, se me está acabando.

Llegan los cafés y aún no le he dicho a Lorena nada de lo mío. Debo armarme de valor y confesar.

Estamos a primeros de octubre, pero hace todavía un calor canicular.

Sudo como un trompetista de jazz.

Vamos allá.

–Oye, por cierto... Verás, cariño. Resulta... Resulta que... Lo del expediente de expulsión... Me temo que va adelante. El rencoroso de Malumbres dice que quiere verme fuera de la universidad lo antes posible. Bueno, también ha dicho que le encantaría asistir a mi fusilamiento desde una butaca de primera fila, pero creo que eso no iba totalmente en serio.

Lorena frunce el ceño.

—Pero que te abran expediente no significa que te vayan a echar.

—Seguramente sí.

Lorena chasquea la lengua, con disgusto.

—Puedo intentar arreglarlo. Malumbres siempre ha sentido debilidad por mí...

—¡Ni hablar! ¿De qué estás hablando?

—De nada en concreto. Pero ya sabes lo machista que es. A lo mejor, si me disculpo en tu nombre y le hago un par de carantoñas...

—¿Carantoñas? ¡Carantoñas! ¿Sabes lo mal que suena eso, cariño?

—Lo que suena mal es que te echen a patadas de tu puesto de profesor por insultar en público a tu catedrático.

—Eh, eh, que no le insulté. Solo le afeé con acritud que no supiera utilizar correctamente el subjuntivo. «Me hubiera gustado», decía el muy estúpido una y otra vez, en su discurso. «Me hubiera gustado». ¡Hay que ser memo! ¡Se dice «Me habría gustado»! ¡«Habría», no «hubiera»! Pero si hasta existe una regla nemotécnica.

—Lo sé: «Si hubiera estudiado, habría aprobado». Me lo has dicho cien veces.

—¡Exacto! Habría aprobado. Habría. ¡Habría!

Sin habérmelo propuesto, me encuentro de pie, elevando los indignados brazos hacia el cielo. He tirado la silla hacia atrás. Varios transeúntes me miran desde la distancia con sorpresa y disgusto.

Lorena entierra la vista en su infusión, avergonzada.

–Se lo podías haber dicho más tarde, en su despacho o donde fuera, y no en el paraninfo, durante la apertura del curso académico, delante del alcalde y del subsecretario de Educación y Ciencia.

–¡Maldito sea el subsecretario! Me han dicho que está dispuesto a declarar contra mí.

–Anda, Fermín, déjame arreglarlo...

–¡Que no! Que no, Lorena, que no, que no hay nada que arreglar, que llevo la razón impresa en el pecho con tinta indeleble. ¡Es «habría», no «hubiera»! Además, ya tengo un plan B.

–Ah, ¿sí?

Carraspeo. Me siento de nuevo. Respiro hondo. Necesito mostrarme firme y convencido. Ha de sonar rotundo.

–Voy a cambiar de oficio.

–¿Eh?

–Voy a hacerme detective privado.

Lorena me mira y parpadea ocho veces.

–¿Estás de broma?

–No, no lo estoy.

–Pero..., pero ¿qué...? Pero..., pero, vamos a ver... ¿Qué... qué sabes tú de eso?

–Pues mucho, sí. Sé mucho, porque he leído docenas..., no, centenares de novelas de intriga de los mejores autores: Dashiell Hammet, Conan Doyle, Agatha Christie, J. K. Chesterton, Raymond Chandler, González Ledesma...

–¡Basta!

–James Ellroy...

–¡Déjate de tonterías! ¿Cómo vas a aprender nada leyendo novelas? ¡Para aprender, hay que estudiar!

—¡Claro! Es que, además, pienso estudiar el cursillo de detective por correspondencia de la academia CEAC. Se puede pagar a plazos y, al final, te envían el diploma oficial.

—¡Por Dios bendito, Fermín! Los detectives de novela son siempre tipos insoportables, taciturnos, desencantados..., solteros.

—No todos son solteros...

—¿Acaso quieres convertirte en uno de ellos? ¡No! Tú no eres así, Fermín. Estás casado, eres un tipo normal; majo, incluso. Tú querías ser profesor universitario, no detective. No dejes que un vulgar expediente de expulsión te prive de perseguir tu sueño. Deja que te ayude.

Las últimas palabras de Lorena son como una revelación. Una inesperada bofetada en la mejilla. La miro a los ojos y parecen otros. Otros ojos, otra ella, otros recuerdos, otro yo, otra vida. Siento que me arrepiento de todo. En especial, de todo lo que no he hecho.

Alzo las manos, pidiendo un tiempo muerto.

—Lo cierto es que no, Lorena.

—No ¿qué?

—No quería ser profesor. Eras tú la que soñabas con ser la mujer de un catedrático. Yo, en realidad, solo soñaba con casarme contigo. Me hice penene[1] solo por ti.

A Lorena le crecen los colmillos.

—Bueno, pues ya está. Lograste casarte con la mujer de tus sueños, que soy yo. Ahora, para que la cosa siga por su camino, debes conservar tu puesto en la Facultad de Letras. Punto final.

—No.

—¿No?

---

1. Forma coloquial de referirse a los PNN: profesores no numerarios.

–No puede ser.

–O sea, que tú puedes conseguir tu sueño de casarte conmigo, pero yo no puedo lograr el mío de tener un marido profesor, adjunto y, por fin, catedrático. ¡Qué injusto!

–A lo mejor te gusta ser la mujer de un gran detective.

–Permíteme que lo dude.

–Podrías probar.

–No me refiero a mí. Me refiero a ti. No tienes hechuras de gran detective, Fermín. Tú no serías nunca Sherlock Holmes ni Hércules Poirot. Serías un detective de mierda.

AROMAS

Lorena y yo no volvemos a dirigirnos la palabra en las siguientes horas.

Al regresar a casa iniciamos en silencio la limpieza de la cocina y la desodorización profunda del resto de la vivienda. De camino, en el todo a cien de la calle Mayor, hemos comprado unos ambientadores en espray bastante eficaces, de una marca que descubrimos hace unos meses. En concreto, la referencia con aroma a «Metro de Barcelona en hora punta» es sensacional. Cierto que, tras vaporizar con él las habitaciones, huele peor que antes, pero la peste a garbanzo socarrado ya no puede identificarse como tal.

Poco después, mientras estoy valorando si para limpiar la olla será suficiente el ácido fluorhídrico o tendré que comprar dinamita en el mercado negro, me parece ver a Virgilio fugazmente a través de la ventana.

* * *

VIRGILIO

Virgilio Cultrecio es nuestro vecino de enfrente. Los ventanucos de nuestras respectivas cocinas se asoman enfrentados al minúsculo patio de luces de la casa, lo que nos permite mantener largas conversaciones de cuando en cuando.

Es un tipo raro, no se puede negar. Jamás pisa la calle porque padece agorafobia en grado atenazante, pero ha aprendido a convivir civilizadamente con ella. Varios comercios del barrio le llevan a domicilio los pedidos que realiza por teléfono, básicamente alimentación, productos de higiene y revistas de pasatiempos. Es un verdadero forofo de los crucigramas, los dameros y los jeroglíficos. Hace unas semanas, pidió que le enviasen por correspondencia el crucigrama más grande de España: diez mil casillas y mil quinientas definiciones. Completarlo se ha convertido en el objetivo de su vida a medio plazo. De vez en cuando, me llama para pedirme auxilio.

–¡Fermín! ¡Ayuda! Estoy atascado con una palabra imposible.

–No será para tanto. Dime, a ver.

–«Dosel de una cama», diez letras. Empieza por te. La última es una o.

–Mmm... Prueba con «tornalecho».

Virgilio frunce el ceño y, enseguida, abre la boca de par en par.

–¡Claro que sí! Tor, na, le, cho. ¡Ajá! Así que esta otra es «sansimoniano», y la de más acá, por tanto, «patiestevado». ¡Eres un hacha, Fermín! ¿Cómo sabes tanto?

–He leído mucho, Virgilio. He leído mucho.

* * *

Lo llamo a voces para pedirle disculpas por la humareda garbancera que, seguro, ha tenido que afectar también a su casa. Sin embargo, no me contesta. Y su ventana está cerrada, lo que se me hace raro, porque Virgilio casi siempre la mantiene entornada, precisamente, por si lo llamo en cualquier momento para charlar un rato. Es el agorafóbico más sociable que conozco. Supongo que la cerró antes, para evitar que la humareda letal de Lorena invadiese su vivienda, y ha olvidado volver a abrirla.

Insisto un par de veces sin resultado. Por el contrario, el que se asoma desde abajo es Virino, nuestro vecino del primero.

–Deja de dar voces, Fermín, que estoy intentando ver el tenis. El US Open, nada menos.

–Disculpa. Es que Virgilio no me contesta.

–Se habrá ido al bingo.

–¡Pero si jamás sale de casa!

–Ya lo sé, hombre, ya lo sé. Era una broma. ¡Qué poco sentido del humor tienes!

–¿Y no te parece raro?

–Y tanto que sí. Virgilio debe de ser el tío más raro que conozco. Por delante de mi hermano mayor, incluso. El que vive en Farlete.

–Digo si no te parece raro que no me conteste.

–¡Ah! ¡Y yo qué sé! Igual se ha muerto. Hay gente que cae desplomada en el acto, sin aviso previo. En un momento dado estás viendo el tenis y, de repente..., ¡zas! ¡Infarto cerebral! ¡Angina de pecho! ¡Adiós, muy buenas! *Out!* Punto, juego, set y partido para la muerte.

–¡Caray, Virino, no seas cenizo!

–¿No te gustan mis respuestas? Pues no me hagas tus preguntas.

Virino siempre es así; pero Virgilio debe de tener un mal día, sospecho.

Un mal día, digo... Virgilio ha tenido un mal día tras otro desde hace cinco años, cuando empeoró de su enfermedad y eso lo obligó a encerrarse en casa, quizá para siempre.

Decido no alarmarme todavía.

Pasa la tarde. Muy muy despacio. Segundos como minutos; minutos como sermones de arzobispo. Se arrastra el tiempo, de modo lento, angustioso, como un soldado cobarde reptando bajo las alambradas enemigas. Como si quisiera llamar mi atención sobre algo importante.

«No te distraigas, Fermín —me dice la tarde–. ¡Atiende! No dejes que caiga la noche sin haber caído tú en la cuenta. Atiende, Fermíííín...».

En la cuenta ¿de qué? ¿Qué es lo que ocurre?

LOS ITALIANOS

Hasta en tres ocasiones diferentes me acerco a la cocina e insisto en llamar a voces a Virgilio, sin resultado. Su ventanuco continúa cerrado. El termómetro sigue enloquecido, por encima de los treinta y tres grados. Qué calor.

Finalmente, a la hora del *Informativo regional*, decido llamarlo por teléfono.

Tras marcar su número, presto atención. Aunque los tabiques de la casa son gruesos, antiguos, de ladrillo macizo, consigo escuchar los timbrazos. Uno, dos, tres, cuatro..., no puede ser..., cinco, seis...

Y entonces, por fin, descuelga.

–¿Sí?

–Virgilio, soy Fermín. Estaba preocupado. ¿Te encuentras bien?

–Sí, sí.

–Bueno. Quería pedirte disculpas por la humareda de este mediodía. A Lorena se le han quemado los garbanzos.

–Ya.

Carraspea.

–Bueno... Pues no era más que eso. Como no contestabas... Eeeh..., en fin. Entonces, va todo bien, ¿no?

–Sí.

–Vale. Hasta mañana.

–Adiós.

Cuando cuelgo, Lorena me está mirando.

–¿Qué pasa? –pregunta, rompiendo, por fin, su cabreado silencio.

–No sé. Virgilio está muy raro.

–Vaya cosa. Virgilio es el tipo más raro que conozco.

–Sí, ya lo sé, ya lo sé: Virgilio es el tío más raro que conocemos todos; aun así, estoy preocupado por él.

–Deberías preocuparte por ti.

–Eso ya lo haces tú.

–¿Te apetece un helado de Los Italianos?

Estos cambios de ánimo siempre me desconciertan; supongo que es su manera de proponerme hacer las paces. Lo cierto es que me apetece mucho un helado.

–¿Un helado, a estas horas?

–Están abiertos hasta las diez. Aún son las ocho.

–¿Te acompaño?

–No. ¿Vasito o cucurucho?

– Vasito grande. De *tutti frutti*, por favor.

LINA MORGAN

–¿Nos vamos a dormir? –pregunta mi mujer.

Acabamos de ver un nuevo capítulo de *Hostal Royal Manzanares*. Normalmente, me río mucho con Lina Morgan. Hoy, no.

–Querrás decir si nos vamos a seguir durmiendo, porque te has quedado frita en el sofá a los veinte minutos.

–Cierto –reconoce ella, bostezando–. ¿Y tú?

–Yo no me he dormido, pero apenas me he enterado de nada.

–¿Qué te ocurre? ¿Sigues preocupado por Virgilio?

–Supongo que sí. Hay algo que me desasosiega sin que pueda quitármelo de la cabeza, pero no acierto a saber de qué se trata.

Apagamos la tele y nos dirigimos al dormitorio.

Al entrar, tengo una sensación extraña, que tardo unos segundos en identificar.

–¿Lo has notado?

–¿El qué?

–No hace calor.

Lorena frunce el ceño y se acaricia los brazos.

–Es cierto.

Justo sobre nuestra habitación tenemos el desván de la casa, carente de todo aislamiento, al que la radiación solar convierte durante los meses de verano en una suerte de invernadero que irradia un calorazo atroz, incluso varias horas después de la puesta de sol.

Hoy no es así.

Pese a que hemos padecido treinta y seis grados de temperatura máxima, la sensación dista mucho de resultar agobiante.

–Qué raro...

Normalmente, en verano, Lorena y yo dormimos sobre la cama. Hoy, sin embargo, nos apetece taparnos con la sábana. Y nos resulta mucho más fácil de lo habitual conciliar el sueño.

UNA PESCADILLA

Clarea el día cuando me despierto dando un respingo.

Me lleva un rato comprender qué ha interrumpido mi descanso; concretamente, el tiempo que tarda una segunda gota de agua en caer sobre mi mejilla.

–¿Qué demonios...?

Abro los ojos, miro hacia lo alto y es como una pescadilla. Digo, como una pesadilla.

Una enorme mancha de humedad, en diversos tonos de gris, más oscura por el centro, ocupa todo el techo de la habitación. Resulta aterradora, como un grabado de Goya de tamaño gigante. Es como el cielo en una tarde de tormenta, abigarrado, tétrico, desquiciante. Aquí y allá, la pintura plástica, reblandecida, se ha descolgado en bolsas semiesféricas de las que gotea un agua maloliente que ya ha formado manchas sobre la sábana y charcos sobre el suelo de nuestro cuarto.

Despierto a Lorena. Gruñe, resistiéndose a abrir los ojos. Cuando lo hace, se lleva las manos al pecho, ahoga un grito y, de inmediato, salta de la cama, aterrada por el espectáculo.

–¡Señor! ¿Qué es esto? ¿Ha llovido esta noche?

Dos años atrás, con cada tormenta veraniega entraba agua en el desván a través del tragaluz y de algunas tejas rotas, filtrándose después hasta nuestro dormitorio. Aquello, sin embargo, acabó. Tras dos siniestros que los obligaron a repintarnos techo y paredes, la comunidad arregló el tejado, selló el tragaluz y se solventó el problema.

–No he oído llover. Y aunque lo hubiera hecho a cántaros, no habría razón para esto.

El desván es comunitario, pero el uso y disfrute pertenece a Virgilio, desde cuyo piso tiene acceso a través de una trampilla situada al final del pasillo.

Me pongo los pantalones y corro a la cocina. El ventanuco de Virgilio sigue cerrado. Grito su nombre varias veces sin obtener respuesta. El corazón me late como el motor de una Bultaco. Los malos presagios se me agolpan en la cabeza y me nublan el entendimiento.

–No, no, no... –susurro una y otra vez sin poder evitarlo y sin tener nada claro a qué me estoy negando.

Salgo al rellano, aún descalzo, aún el torso desnudo, y llamo al timbre con insistencia.

–¡Virgilio! ¡Abre, Virgilio! ¡Que se te ha inundado el desván!

Lorena, en camisón, un chal sobre los hombros, llama mi atención y señala con la mirada hacia arriba.

Tiene razón. Además de la trampilla que lo une con el piso de Virgilio, el desván tiene su propio acceso desde la escalera común: una puerta sólida, antigua, de madera maciza, que nunca se usa y que jamás he visto abierta.

Subo los escalones de tres en tres y, al llegar al descansillo, noto los pies húmedos. El suelo está cubierto por una lámina de agua muy fría.

–Madre mía..., esto es un verdadero desastre...

Incapaz aún de comprender la situación, golpeo la puerta del desván con la mano abierta, mientras sigo voceando el nombre de Virgilio.

Lorena ha llegado junto a mí y me propone que derribe la puerta con el hombro. Obediente, tomo la escasa carrerilla que me permiten las dimensiones del rellano y me lanzo contra ella. La puerta, sólida como una roca de madera, resiste. Mi hombro, no. Algo cruje ahí dentro.

–¡Aaah...! Ay, ay... Me he roto algo, ¿eh? Seguro. Ay, ay, qué daño...

Lorena intenta derribarla dándole una patadita ridícula.

–Es verdad, no hay manera –concluye.

Mientras hago rotar el hombro dolorido, veo que la puerta dispone de una cerraja antediluviana, de esas que se accionan con una llave del tamaño de una bayoneta.

Sin meditarlo lo más mínimo, me aproximo para atisbar el interior del desván a través del ojo de la cerradura.

Y, al hacerlo, se me detiene un momento el corazón.

Me incorporo con la angustia prendida en la mirada.

–¿Qué te ocurre? Parece que hayas visto un espectro.

–Baja y llama a los bomberos –le pido, con la voz velada.

–¿Qué...? ¿Para qué?

–Que vengan con las hachas. Hay que derribar esta puerta.

LOS HÉROES DEL FUEGO

Llegan en apenas cinco minutos desde el cercano cuartel de la calle Pignatelli, haciendo sonar la sirena a toda traca y lanzando destellos cegadores. Todo ocurre como en un telefilme, a ritmo cinematográfico.

Aparcan el Land Rover ante nuestro portal, sin importarles ni medio bledo dejar la calle bloqueada por completo, y suben, hacha en mano, hasta el rellano del desván.

–¿De dónde sale todo este agua? –pregunta el que lleva galones de cabo.

–No lo sé –respondo–. Que yo sepa, ni ha llovido ni hay tuberías en el desván. Ah, y no se dice «este agua», sino «esta agua». «Toda esta agua». Agua es femenino.

El tipo me mira con sorpresa. Replica de inmediato, con aire soberbio, que para eso es bombero.

–De eso, nada, amigo. Agua es masculino. El agua. El. El. Artículo determinado masculino singular. Masculino.

–Eso es para evitar la cacofonía. Se dice «el agua» y «un agua»; pero «las aguas», «esa agua» o «aquella agua».

El cabo arruga la nariz.

–No sé, no sé…. Quizá habría que consultarlo con un experto.

–Yo soy el experto. Profesor de Lengua en la universidad.

–¿Tú? ¿En serio? Nunca lo hubiera dicho.

–¡«Habría»! «Nunca lo habría dicho».

–¿Qué…?

El bombero, claramente desconcertado, opta por dejarme por imposible y se vuelve hacia sus compañeros.

–¡Vamos, chicos! ¡Hay que echar abajo esta puerta! ¡Rápido!

Entre los tres, muy coordinados, la emprenden a hachazos con ella y, en menos de lo que se tarda en contarlo, logran destrozarla lo bastante como para que, con un último patadón, podamos acceder a la escena que permanecía oculta.

LA MUERTE

Creo que solo había visto este desván una vez en mi vida, siendo niño, pero es tal como lo guardaba en mi memoria.

El techo a dos aguas alcanza en su centro una enorme altura: tres y medio, quizá cuatro metros. A la vista, la enorme jácena central, las vigas de roble y los cañizos sobre los que se disponen las tejas, sujetos con grandes pegotes de escayola.

El suelo, situado sobre el techo de nuestro dormitorio, está formado por una tarima de tablones gordos, anchos, bastos, de ese color indefinido y triste que adquiere la madera tras décadas de ausencia de cuidados.

Solo hay un par de detalles que no cuadran con mi recuerdo infantil. Uno de ellos es que el suelo está cubierto por un dedo de agua. La misma que también ha inundado el rellano. La misma que se filtra hacia nuestra casa. Agua que, sin duda, procede de la descongelación de varias grandes barras de hielo, cuyos restos aún pueden verse en el centro del desván.

El otro detalle inesperado es que Virgilio se balancea, colgado por el cuello de una soga atada a la viga principal.

Evidentemente, muerto.

EL JEFE SOUTO

Los bomberos dan aviso inmediato a la policía; los primeros agentes acuden tan raudos que pillan a Virino y a doña Fuencisla, su madre, subiendo por la escalera.

—¡No, no, no! ¡Todos fuera de aquí, por favor! ¡Vuelvan a sus domicilios! ¡Esto es el escenario de una muerte violenta! ¡Que nadie salga de casa hasta que les hayamos tomado declaración!

Lorena y yo regresamos a nuestro piso. No cruzamos palabra, pero ella se me abraza, temblorosa.

Veinte angustiosos minutos más tarde, llaman a nuestra puerta. Imagino que se trata del típico madero de uniforme que viene a hacer preguntas y tomar notas en su cuadernito.

Al abrir, sin embargo, me topo de manos a boca con Damián Souto.

–¡Jefe!

Se me queda mirando, con sorna.

–¡Fermín Escartín! ¡Cuánto tiempo, muchacho!

–Si eso es una pregunta, la respuesta es: dos años largos.

En efecto, hace veinticinco meses que no nos veíamos. Exactamente, desde el día de mi boda con Lorena, a la que Damián acudió invitado por parte de ambos.

Era el director del grupo de teatro en el que Lorena y yo nos conocimos, siendo aún adolescentes. Lo llamábamos por su nombre de pila hasta que descubrimos que, fuera del mundo del teatro, trabajaba como policía. Inspector jefe. A partir de entonces, todos empezamos a llamarlo «jefe». El jefe Souto.

Me tiende la mano, mientras me palmea el hombro con la otra. Nada que ver con el abrazo largo y los dos besos que le dedica a Lorena cuando la descubre tras de mí. Era la niña de sus ojos; la eterna protagonista de todas las comedias que llevaba a escena nuestro grupo. Todos los chicos de aquella compañía de aficionados queríamos ligar con Lorena, desde los primeros actores hasta el último tramoyista. Mira por dónde, acabó casándose conmigo, que nunca pasé de secundario con poca gracia.

–El cabo de bomberos me ha dicho que fuiste tú quien descubrió el cadáver. –Señala con el dedo hacia arriba–. ¿Queréis subir?

–Sí, por supuesto –respondo.

–Ni hablar –dice Lorena.

Pese a las reticencias de mi mujer, los dos seguimos los pasos de Damián, camino del desván de Virgilio.

–¿Qué tal os va la vida?

–Nos va bien, jefe.

–No es así –me corrige Lorena, de inmediato–. Nos iba bien hasta ayer mismo, cuando a Fermín le abrieron un expediente por insolentarse en público con Malumbres.

Souto alza las cejas.

–¿Malumbres? ¿El catedrático de Lingüística?

–Ese mismo.

–Su hermano fue compañero mío en la academia de Ávila. Va por delante de mí en el escalafón, así que me aprecia lo bastante como para hacerme un favor, si se lo pido.

–¿Lo ves? –exclama Lorena–. ¿Lo ves, Fermín? ¡Hasta Damián está dispuesto a echarte una mano! Solo tienes que entrar en razón.

–Está dispuesto a ayudarme porque se lo pides tú. Solo por eso.

–¿Y qué más da? El resultado es el mismo: entre los dos podemos sacarte del apuro.

–¡Es que no quiero que me saquéis del apuro, Lorena! ¡No quiero!

–¡No, claro! ¿Sabes qué ocurre, Damián? ¡Que ahora, de repente, el señor ha descubierto que quiere ser detective privado!

Hemos llegado. Acabamos de cruzar la puerta destrozada a hachazos. Damián da un respingo.

–¿Detective? Pero... ¿cómo que detective? ¿Qué clase de...? ¿Como Philip Marlowe?

–En efecto: como Phillip Marlowe –confirma Lorena–. ¿Quieres hacer el favor de quitarle esa idea disparatada de la cabeza? ¡Por Dios! ¡Por Dios...!

–¡No es ningún disparate! –replico dolido–. Aunque sí hay una diferencia: Marlowe es un detective de novela. Yo voy a ser un detective de verdad.

–Oh.

–¿A ti qué te parece, Damián? ¿A que es una pésima idea?

–Pues... no lo sé, Lorena. Así, a primera vista...

–Convéncelo para que se olvide de semejante desatino.

Souto, obediente, se encara conmigo.

–Tú... ¿realmente crees que sirves para investigador privado, Fermín?

–Estoy seguro de que sí –afirmo, sin la menor seguridad.

Lorena y el jefe Souto intercambian una mirada mediante la que él parece decirle: déjamelo a mí.

–Tendrás que convencerme, si quieres que te apoye.

–Valoro en mucho tu opinión, jefe, ya lo sabes; pero ya no eres mi director. Esto ya no es el teatro, sino la vida.

Souto lanza una media carcajada.

–En realidad, el teatro es más verdad que la vida. Cuando comienza la función, ya sabes todo lo que va a ocurrir y cómo va a terminar. Podrás interpretarla mejor o peor, pero el final está claro desde el principio. En cambio, lo que llamamos «la vida» no es más que una sucesión incontrolable de acontecimientos azarosos.

–No entiendo ni jota, Damián.

–Pues aquí tenemos un buen ejemplo –dice, señalando a Virgilio, que aún se balancea del extremo de la soga. Debe de haber por alguna parte una corriente de aire que lo empuja de cuando en cuando, ligera y tétricamente.

–¿Por qué no lo han descolgado?

–Tiene que venir el juez de guardia. Por cierto, ¿qué es lo que piensas que ha ocurrido aquí?

–No lo sé, jefe. Me faltan datos.

–No te pido que resuelvas el caso, sino que me des tu opinión. Tu primera sensación. En el trabajo de un detective, gran parte del éxito depende de la intuición. ¿Qué te dice la tuya? ¿Suicidio o asesinato?

Echo un nuevo vistazo lento por el escenario del drama. El cadáver de Virgilio parece mirarme desde las alturas, con sus ojos entrecerrados. A sus pies, los restos del hielo, que, al fundirse, anegaron el suelo y se filtraron hasta nuestro dormitorio.

Desde el primer momento me he percatado de que es el escenario de un problemita de lógica, uno de esos a los que Virgilio era tan aficionado. El del suicida que, en una habitación cerrada por dentro, aparece colgado de una viga situada a una altura a la que de ningún modo pudo llegar. Ninguna escalera de mano, ningún objeto a su alcance sobre el que alzarse para lograr su propósito. Aparentemente, un suicidio imposible de llevar a cabo. Sin embargo, todo buen aficionado a los acertijos conoce la solución al enigma: el suicida creó una plataforma de barras de hielo que le permitió alcanzar la viga maestra y sujetar en ella la horca con la que quitarse la vida. Con el paso del tiempo, el hielo se funde y el agua resultante se evapora sin dejar rastro.

En apariencia, Virgilio, un enfermo mental, un ser solitario que pasaba la vida resolviendo crucigramas, planeó su propia muerte siguiendo los pasos de ese acertijo. ¿Quizá deseaba abandonar este mundo de un modo misterioso, dejando tras de sí un enigma como los que tanto gustaba de resolver? De ser así, estuvo cerca de lograrlo. Sin embargo, calculó mal y utilizó demasiado hielo. No tuvo en cuenta que el agua, tan fría, no tendría tiempo de evaporarse, acabaría filtrándose hasta nuestra habitación, ocasionando un desastre y alertando de su fallecimiento mucho antes de lo planeado, desbaratando su plan y dejando al descubierto la solución al misterio. Pese a lo barroco de la escena, su interpretación es muy sencilla.

Tras sopesar todas estas consideraciones, levanto la mirada hacia mi antiguo director de teatro y abro los brazos.

–Para mí, resulta evidente, Damián: se trata de un asesinato.

El jefe Souto tuerce el gesto. Me mira con disgusto.

–No lo dices en serio.

–Completamente en serio.

–De modo que eliges la opción menos lógica.

–¿Por qué dices eso?

–¡Venga ya! Conoces de sobra el problema del suicida imposible. Es todo un clásico. Y el muerto, por lo que he podido comprobar con un simple vistazo a su casa, era un forofo de las revistas de pasatiempos de toda clase. Su piso está repleto de ellas.

–De modo que tú apuestas por el suicidio.

–La navaja de Ockham, Fermín: ante dos posibilidades, quédate con la más sencilla; en este caso, con la más evidente. Dicho de otro modo: si parece un pato y camina como un pato, lo más probable es que se trate de un pato. Si parece un suicidio, mi primera opción es que sea un suicidio. Todo indica que vuestro vecino pretendió reproducir las condiciones del acertijo, pero la cosa no le salió del todo bien. Aunque, si dejamos de lado la inundación ocasionada, el resto de la puesta en escena resulta perfecta. En efecto, yo apuesto por el suicidio.

–¿Intuición de poli?

–De poli con muchos años de experiencia.

–¿Lo ves, Fermín? –me reprocha Lorena de inmediato–. Si es que no das una. Anda, anda, ríndete y olvida las novelas.

Simulo pensármelo. Tras unos segundos de expectación máxima, me encaro con Souto.

–Te propongo una cosa, jefe: si, finalmente, se trata de un suicidio, como tú piensas, dejaré que me ayudéis a recuperar mi empleo como profesor; pero si yo tengo razón y la muerte de Virgilio resulta ser un homicidio, dejarás de darme la lata y te pondrás de mi parte. ¿Trato hecho?

Damián afila la mirada hasta convertirla en un estilete.

–Otra cosa: si gano yo, dejarás de leer novelas de detectives.

–De acuerdo. Me pasaré al *western*, que es un género caduco e inofensivo.

–Y le pedirás disculpas a Malumbres –añade Lorena.

–¡De eso, nada! Antes, muerto.

Mi mujer me mira con odio, suelta un bufido taurino y nos da la espalda para alejarse unos pasos. Damián la contempla, impertérrito, antes de volverse hacia mí.

–¿Por qué piensas que ha sido un homicidio? Nada hay que lo indique.

–Me has dicho que me fíe de mi intuición, y es justo lo que estoy haciendo: estoy convencido de que Virgilio no se ha suicidado. Nos conocíamos desde hace muchos años y no puedo creer que se quitase la vida. Para mí, no es una opción. Descartado también el accidente doméstico por razones evidentes, solo nos queda el crimen. Ya sabes: eliminado lo imposible, lo que queda, por improbable que parezca, ha de ser la verdad.

–Cómo odio a Sherlock Holmes...

–En cierto modo, una variante de la navaja de Ockham. En efecto, casi siempre hay que apostar por lo más sencillo.

–Pero, Fermín, todas las evidencias apuntan en la dirección contraria. Cuando entraron los bomberos, Virgilio estaba solo, en una casa cerrada por dentro. Y ¿por qué razón iba a encargar un montón de barras de hielo sino para simular la escena del suicida imposible? Simplemente calculó mal.

—Esa es otra razón a mi favor: Virgilio jamás habría pasado por alto que la cantidad de hielo era excesiva. Si hubiera querido reproducir el problema del suicida, lo habría hecho con precisión. Era un tipo inteligente y minucioso.

—¡Venga ya! —exclama Lorena, regresando a la conversación, con su habitual tono despectivo—. ¿Inteligente? Virgilio era un pobre loco. Estaba como una chota. ¡Pero si llevaba cinco años sin pisar la calle, por Dios! Era un tipo frágil que, en cualquier momento, podía venirse abajo y decidir quitarse de en medio. Además...

—¿Qué? —insiste Damián, tras un silencio.

—Era un maldito acosador.

—¿De qué hablas?

—No te enteras de nada, Fermín. Virgilio... estaba obsesionado conmigo.

Damián alza las cejas.

—¿Qué quieres decir, exactamente?

—Pues eso: que me... perseguía.

—Te perseguía... ¿literalmente? —me atrevo a preguntar—. ¿Como el guepardo persigue por la sabana africana a la gacela Thompson?

—¡No te hagas el chistoso! Quiero decir que se ponía muy pesado conmigo. ¡Si hasta me enviaba jeroglíficos!

—¿Egipcios?

—¡No! De esos que salen en los periódicos, en la sección de pasatiempos.

—¿Para qué?

—No sé. Como el que manda flores, supongo.

–No me habías contado nada de eso.

–¡Claro que sí, Fermín! Lo que pasa es que nunca le concediste la menor importancia. Te parecía mucho más importante la incorrecta utilización del subjuntivo por parte de Malumbres.

En eso, Lorena tiene razón. No en lo de Malumbres, sino en que Virgilio, en efecto, estaba enamorado de ella. Yo lo sabía porque él me lo había confesado en varias ocasiones, aunque, en efecto, nunca le concedí demasiada importancia.

–Supongo que era un enamoramiento inevitable. Hay que reconocer que perteneces a esa categoría de mujeres que gustan a la inmensa mayoría de los hombres. Habría sido raro que Virgilio, teniéndote tan cerca, no estuviese enamorado de ti, la única mujer de carne y hueso a la que podía contemplar a diario, aunque fuese a través de un ventanuco. Pero que te regalase jeroglíficos no lo convierte en un acosador.

–¡Vaya! No sabía que fueras tan comprensivo.

–¿Conservas esos jeroglíficos? –le pregunta, de repente, el jefe Souto.

Lorena niega.

–Nunca conseguí resolver ninguno y los tiraba a la basura al cabo de un tiempo. Quizá los dos o tres últimos aún estén en la papelera. ¿Quieres que vaya a buscarlos?

–Si no te importa...

TARTIÁN

Y, mientras Lorena baja a nuestro piso en busca de los jeroglíficos de Virgilio, hace su entrada en el escenario del óbito la comitiva judicial, encabezada por el juez de guardia, don Aquilino Tartián, que saluda con un «buenos días» envuelto en un gruñido.

Tartián es un hombre menudo y rotundamente aguileño: nariz aguileña, rostro aguileño, mirada aguileña..., incluso viste de modo aguileño, en tonos marrones y negros. Se empuja una y otra vez sus gafas de pasta negra hacia el puente de la nariz. Lo acompaña Calveira, el secretario judicial, que hace honor a su apellido y se cubre la calva con un peluquín rubio escalofriante.

Calveira toma notas taquigráficas, a velocidad de halcón peregrino, de las órdenes y los comentarios del juez. Además, lleva colgada del hombro una cámara Pentax, con la que saca fotografías de todo sin parar.

–¿Qué tenemos aquí? –se pregunta el juez–. Ah, ya veo: un suicida. ¡Anda...! Si esto parece el acertijo del suicida imposible, pero mal hecho.

–A primera vista, así es, señoría –dice Damián–. Habría sido perfecto de no ser porque el hielo, al fundirse, produjo tanta agua que inundó la estancia y se filtró hacia el dormitorio del piso inferior, lo que alertó a los vecinos.

–¿Qué vecinos?

–Fermín Escartín y su mujer, Lorena Mendilicueta. Ellos avisaron a los bomberos.

–Muy bien. Buenos ciudadanos, así me gusta. Calveira, ¿dónde demonios está el forense?

–Venía detrás de nosotros, don Aquilino. Estará aparcando.

–¿Ha pedido el coche para venir hasta aquí? ¡Pero si estamos a diez minutos escasos del juzgado!

–El doctor Cortés dice que la única razón por la que continúa en su puesto de forense a pesar de la birria de sueldo es porque así dispone de coche oficial con chófer. No va andando ni a tomar el café de media mañana.

–¿Será posible? En fin..., y lo peor es que tiene razón. Esto de las guardias está muy mal pagado. A esperar, entonces.

EL ÁNGEL DE LA MUERTE

No tenemos que esperar demasiado. Cuatro minutos más tarde, hace su entrada en el escenario del crimen el forense Ángel Cortés. Su aspecto no difiere mucho del de la mayoría de sus clientes. Alto, delgadísimo. Los huesos de la calavera se le adivinan bajo la piel. Es como si acabase de levantarse de una mesa de autopsias y viste de blanco, como los fantasmas. Cuando Damián me lo presenta y le estrecho la mano, que siento helada a pesar del calor reinante, es como saludar a un cadáver con sombrero Fedora.

–¿Qué opina, doctor? –le pregunta, de inmediato, el juez Tartián.

Cortés pasea por el escenario del crimen una mirada lenta y minuciosa que termina sobre sus propios zapatos de punta estrecha pisando la película de agua que cubre el piso, lo que lo lleva a chasquear la lengua con disgusto. Los bomberos le proporcionan una escalera de tijera, por la que ascender hasta la altura del muerto, del que toma su mano derecha entre las suyas. Luego, le flexiona la muñeca y el codo. Revisa con atención, ayudándose con una linterna de bolsillo, la zona del cuello lindante con la soga y, finalmente, permanece un buen rato escudriñando los ojos del cadáver.

Cuando desciende, no puede evitar un gesto de aprensión.

–Madre mía, qué chapuza... –masculla, a continuación.

–¿A qué se refiere?

–¿Acaso nadie se ha percatado de que esto intenta parecerse, sin ningún éxito, al acertijo del suicida improbable?

Tartián pone cara de pasmo.

–¿En serio? ¡Atiza! Pues no, nadie se había dado cuenta. ¡Bien visto, doctor!

El forense gruñe como un oso.

–Jamás, hasta hoy, le había considerado un hombre irónico, señoría. ¡Menuda sorpresa!

–En efecto, soy una inagotable fuente de asombro. Entonces, ¿qué? ¿Puedo ordenar ya el levantamiento del cadáver?

–En este caso, sería más propio ordenar el descendimiento del cadáver, ¿no le parece?

–¡Qué buen chiste, doctor! ¿Quién es ahora el bromista?, ¿eh?

–Si Calveira ha terminado con sus habituales fotos del escenario, por mí no hay problema. Que los de la Sangre de Cristo[2] lo lleven al Bastero Lerga[3]. Le haré la autopsia después de comer, que tengo un hueco.

El secretario toma nota de las órdenes del forense, quien, con un gesto de despedida general, se dirige a la salida. Sin embargo, Damián sale a su encuentro.

–Disculpe, doctor. ¿Podría decirme qué opina sobre la causa de la muerte?

–Como siempre, inspector jefe Souto, tendrá que esperar a la autopsia para que le dé esa opinión.

–Ya. Pero así, a primera vista…, ¿no podría adelantarme algo?

---

2. La Hermandad o Cofradía de la Preciosísima Sangre de Cristo es, desde hace más de cuatrocientos años, la tradicional encargada de retirar de la vía pública zaragozana los cadáveres de los desamparados. También realiza este cometido a las órdenes del juez de guardia.

3. Desde 1968, el Instituto Anatómico Forense de Zaragoza pasó a denominarse Bastero Lerga en honor al catedrático Juan Bastero Lerga. Cerrado en 2003, actualmente sus instalaciones albergan una ludoteca infantil.

Cortés se coloca con toda parsimonia un Pall Mall entre los labios y le prende fuego con un encendedor Ronson.

—A primera vista, usted, yo y todos los presentes pensamos lo mismo: que la víctima se ha suicidado colgándose por el cuello. ¿Por qué me pregunta esa obviedad que, empero, de nada sirve? Le aconsejo que espere a la autopsia.

Y se va.

Me acerco a Damián.

—Empero. Ha dicho «empero», ¿verdad?

—Ajá. Y, como ves, nada le ha hecho suponer que se trate de un homicidio.

—Lo que he oído es que hay que esperar a la autopsia.

Es entonces cuando aparece de nuevo Lorena, con los jeroglíficos.

—¿Quién era ese tipo tan alto y vestido de blanco?

—El forense.

—Pues daba un poquito de miedo.

Nos enseña los jeroglíficos, cada uno de ellos dibujado en una cuartilla.

El primero es una gran letra D en cuyo interior hay pegado un retrato de la reina Isabel II de Inglaterra. El segundo es similar: una letra D con la palabra Mississippi escrita con letra cursiva en su interior.

—Este fue el último. Me lo dio hace una semana o así. El de la reina Isabel me lo pasó ocho o diez días antes.

—¿No te daba la solución?

—No, nunca.

Tras contemplarlos con atención por espacio de medio minuto, Damián y yo nos los intercambiamos, en medio de un silencio jeroglífico. Por fin, Damián se decide a hacer un comentario:

–En el mundo de los jeroglíficos, hay una serie de elementos que se repiten con frecuencia. La letra D, por ejemplo, suele significar «se vende».

–¿Por qué? –pregunta Lorena.

–Si, por ejemplo, aparece dibujada una botella de vino dentro de una D, hay que traducirlo por: «Se ve en D una botella de vino»; es decir: «Se vende una botella de vino».

Lorena abre unos ojos como panderetas.

–¡Ah, ya entiendo! Se ve en D... ¡Se vende! ¡Claro! Pero... ¿qué significa «Se vende la reina de Inglaterra»?

–No lo sé. No parece tener mucho sentido, es verdad –reconoce Damián–. Cuando la solución no es evidente, hay que ir un paso más allá. Se vende Isabel II, se vende reina europea, se vende..., no sé, la verdad.

Alzo el índice, como un alumno de primaria.

–Isabel II de Inglaterra pertenece a la familia Windsor. El Windsor es también uno de los edificios con nombre propio de Madrid[4]. La solución al jeroglífico podría ser: «Se vende importante edificio de Madrid».

Lorena y Damián me miran.

–Bueno. Podría tener sentido –admite él–. Pero ¿por qué Virgilio le daría a Lorena un jeroglífico con ese mensaje?

Souto y yo la miramos. Lorena se limita a alzarse de hombros.

–¿Para impresionarme, quizá?

–¿Y el otro? –pregunta Damián–. El del Mississippi. Se vende... ¿qué? ¿Caudaloso río norteamericano?

---

4. El edificio Windsor, de más de cien metros de altura, quedaría destruido por un incendio en el año 2005.

Me rasco la barbilla.

−Ahora mismo no se me ocurre nada, pero tarde o temprano lo descifraremos, ya lo verás.

Dos bomberos están descolgando a Virgilio para meterlo en una bolsa de plástico con cremallera. Una bolsa muy grande. Lorena aparta la vista, turbada; creo que le cuesta respirar.

−¿Podéis pasar a lo largo de la mañana por comisaría para prestar declaración oficial? −nos pregunta Damián−. Si venís a última hora, después os invito a un vermú.

POLONIA

Una hora más tarde, bomberos y policías han desaparecido y los hermanos de la Sangre de Cristo se han llevado en su furgón blanco el cadáver de Virgilio, dejando por fin la calle libre, pero también un panorama desolador de puertas para adentro.

Hace frío en la casa. Los últimos restos de hielo se están fundiendo en el suelo del desván, y en nuestro dormitorio llueve mansamente un agua sucia, gélida y penosa. Todo está hecho un desastre. Virino, nuestro vecino del primero, hace ya rato que se nos unió. Deambula consternado de aquí para allá, con las manos a los lados de la cabeza y expresión de incredulidad absoluta.

−Pero si hablé ayer mismo con él. No, ayer no: anteayer. ¿Cómo puede estar muerto, con lo gordo que era? ¡Ay, Virgencica, si es que no somos nada! ¿Qué le pasaría por la cabeza para colgarse así, como un salchichón? ¡Qué cruel es la vida! Sobre todo, cuando la pierdes. Y yo echándole la bronca porque ponía muy alta la tele. ¡Cómo me arrepiento! Le tenía que haber dicho que la subiera aún más. Ay, señor, qué remordimientos...

Al fondo del desván descubro la trampilla, amplia, que lo comunica con el piso de Virgilio mediante una sólida escalera de madera, sencilla pero cómoda, con su pasamanos y todo.

Aunque hay algunas advertencias de prohibido el paso con el sello del juzgado, la curiosidad me lleva a descender la escalera para echar un vistazo a la casa de nuestro vecino muerto. Ya la han revisado antes los hombres de Damián Souto, aunque tal vez no han sido muy rigurosos, puesto que todo su interés estaba centrado en encontrar la nota de suicidio con la que dar carpetazo rápido al caso. Naturalmente, no la han hallado. Y no la han hallado porque Virgilio no se ha quitado la vida. Lo sé. No sé por qué lo sé, pero lo sé. Lo sé como sé que Sofía es la capital de Polonia. De Bulgaria, quiero decir. Nunca he estado allí, pero lo sé.

Tampoco he estado nunca en la casa de un muerto.

Bueno, ahora que lo pienso mejor, en realidad sí, porque mi casa era la casa de mi padre hasta que murió, o sea, que sí, Lorena y yo vivimos en la casa de un muerto, pero no es lo mismo porque... En fin, yo ya me entiendo.

El silencio es espeso como el chocolate frío.

Camino con lentitud por las tres habitaciones. A paso de detective. Mis primeras sensaciones son de extrañeza, porque pronto compruebo que se trata de una casa bastante normal. No es la vivienda desordenada y mugrienta hasta la náusea que esperarías de un gordo agorafóbico que lleva cinco años sin pisar la calle. Tampoco el hogar impoluto, meticuloso y ordenadísimo que esperarías del típico agorafóbico gordo que lleva cinco años sin salir de casa.

Compruebo que la puerta del piso está cerrada y que la llave se halla en la cerradura, por dentro. También está cerrado el ventanuco a través del que tantas conversaciones mantuvimos

Virgilio y yo. Lo abro y lo vuelvo a cerrar. Sobre la cocinilla de tres fuegos hay una sartén con restos de aceite y una cuchara grande, de madera. Sobre la encimera, un salero de cocina con la tapa abierta. Y un trozo de pan duro. Los armarios, bien surtidos: pasta, latas de conservas, especias, café... El contenido de la nevera tiene buena pinta. Un bol con restos de calamares encebollados ya un tanto resecos, pero que revivirían fácilmente con un calentón. Tomates, zanahorias, cebollas, pimientos y media col en el cajón de las verduras. Las zanahorias, por cierto, de tamaño desmesurado. Latas de refrescos. Cervezas. Zumos. Una botella de vino blanco muy malo. Sería para cocinar.

La lavadora, atestada de ropa sucia a la espera de iniciar la colada.

No, un momento. No.

El mando principal no está en cero, sino ligeramente a la izquierda, en la posición de fin de ciclo. Abro la puerta y palpo las prendas dentro del tambor. Las noto levemente húmedas y huelen mal, a perro mojado. Deben de llevar allí bastante tiempo, no sé cuánto, quizá más de veinticuatro horas. Fue la última colada de Virgilio y no llegó a tenderla.

¿Pensaba suicidarse y, sin embargo, poco antes puso una lavadora? Qué raro...

¿Puso una lavadora y después tomó la decisión de matarse y por eso ni se molestó en tenderla? Más raro aún.

Nada parece encajar con claridad. Cuánto misterio...

Salgo de la cocina. En el dormitorio, la cama perfectamente hecha, tensa, como la de un buen hotel. Poca ropa en los armarios. Claro, ¿para qué la necesita alguien que nunca sale de casa?

Veo una mesilla antigua, de madera oscura, con hueco para el orinal, pero sin orinal. Afortunadamente.

La habitación restante sí presenta cierto desorden. Algunas decenas de libros y centenares de revistas de pasatiempos, amontonadas, tiradas por los rincones o en columnas altísimas e inestables, apoyadas directamente en el suelo.

Hay un sillón de despacho, con ruedas, al que le desmontó los brazos porque, seguramente, el culo no le cabía entre ellos. ¡Qué gordo estaba! Uno esperaría que, frente al sillón, hubiese una mesa, o quizás un escritorio, pero no es así. Tan solo, contra la pared derecha, una mesita auxiliar, de reducidas dimensiones.

Sobre ella, varias plumas estilográficas baratas, aunque de buena marca. Una Parker, una Cross, una Waterman..., pero sencillas, con plumín de acero. Y un tintero azul real de Pelikan.

Tomo al azar una de las mil revistas de crucigramas. Todos están resueltos utilizando la misma tinta, aunque el ancho del trazo varía según el tamaño de los cuadraditos. Más fino cuanto más pequeños.

Hojeo varias carpetas de anillas que me miran en posición de firmes desde una estantería.

Una de ellas, en especial, me llama la atención. De tamaño folio. De dos anillas. En el lomo figura el rótulo «180 DÍAS».

Está llena de tiques de compra, de extractos de domiciliaciones bancarias y de recibos de abonos de cajeros automáticos. Todos ellos ordenados escrupulosamente por fecha; arriba, los más recientes, de esta misma semana. El último, el más antiguo, es de hace exactamente seis meses.

Sobre la mesa, una taladradora de dos agujeros con la que perforar los documentos antes de archivarlos. Debajo, una papelera en la que terminan los recibos que han superado los ciento ochenta días.

Si no lo estoy interpretando mal, Virgilio guardaba notas de todos sus movimientos económicos, las conservaba durante exactamente seis meses y, pasado ese plazo, las tiraba.

El pasado de Virgilio duraba veintiséis semanas.

Reviso uno por uno los papeles correspondientes a la última quincena. Recibos del quiosco, de la panadería, del Spar de la calle San Jorge...

ALMAU

Un rato después, en torno a las diez de la mañana, bajo a la calle y entro en Bodegas Almau. Cecilia, la madre de la familia propietaria del bar, se me acerca con cara seria.

—Me he enterado de lo de Virgilio. Cuánto lo siento.

—Ya lo imagino, Ceci.

—¿Qué te pongo?

—Nada, gracias. Solo quería preguntarte por el hielo.

—¿Hielo?

—Vosotros todavía compráis hielo en barras, ¿verdad?

La Ceci asiente.

—Sí, todavía tenemos dos neveras antiguas, porque este es un bar chulo y con historia. No como esos garitos modernos que cambian de dueño y de decoración cada año. Aquí, no. Aquí las cosas permanecen. ¿Ves aquella telaraña del rincón? Lleva ahí desde mil novecientos cuarenta y ocho.

—Eso es solera.

—Además, compramos también bolsas de cubitos y hielo en escamas, para las anchoas en salmuera.

—¿Quién os lo vende?

–¿El hielo? Una fábrica de hielo y congelados que se llama Congegoza. Nunca adivinarás lo que significa. Está en Montemolín, frente al Palacio de Larrinaga.

–¿Va a pasar hoy el repartidor?

–Claro, como todos los días. Debe de estar al caer. Se llama Jacinto.

–Voy a esperarlo. Quiero hablar con él. Ponme, mientras tanto, un café y unos churros, que no he desayunado.

La Ceci da un paso atrás.

–Pero, hombre, Fermín. ¿Acaso no sabes que aquí no damos desayunos?

–¡Atiza! La verdad es que nunca bajo tan temprano. Entonces, ponme lo que quieras.

–¿Una salmuera con cazalla?

–Pero, mujer, que son las diez y cuarto de la mañana.

–Las anchoas sientan bien a cualquier hora, sobre todo las de cazalla. Te pongo dos. ¿Y de beber?

–Agua.

–No me hagas enfadar. ¿Cerveza o vermú?

–Cerveza.

–Eso ya está mejor.

Apenas he dado cuenta de las salmueras con cazalla cuando veo entrar al repartidor de hielo con una enorme barra sobre el hombro.

Es un tipo joven, rubio y muy fornido. Carne de gimnasio. Guapo, pero de mirada huidiza. Dejo que se descargue y lo intercepto cuando se dirige a la salida.

–¿Jacinto? –El muchacho da un respingo–. Hola, disculpa, vivo en la casa de enfrente. Me llamo Fermín. ¿Puedo hacerte un par de preguntas?

El rubio mira a los lados antes de responder.

–¿Sobre qué?

–Uno de mis vecinos ha aparecido muerto esta mañana. Colgado de una soga por el cuello.

–Vaya, qué cosa tan tremenda. El caso es que llevo prisa, ¿sabe?

–Será solo un minuto y, en todo caso, la policía va a querer interrogarte.

El muchacho palidece.

–¿A mí? ¿Por qué? Yo no he hecho nada, ¿sabe?

–Porque ayer llevaste un montón de hielo a casa del muerto.

Palidece más. Gotita de sudor en la frente. La veo.

–Ah. ¿El señor gordo es el que se ha suicidado?

–¿He dicho en algún momento que se ha suicidado?

–Ha dicho colgado de una soga por el cuello. En fin...

–¿Cuánto hielo le subiste?

–Mucho. Diez barras. Me pidió que las dejase sobre el suelo de la falsa[5]. En el centro. Primero, cuatro. Tres encima de ellas, luego dos y finalmente, una. Diez en total. Diez viajes hasta un tercer piso. Un palizón, ¿sabe?

–¿No te pareció extraño?

–Pues claro. Rarísimo. Pero lo mío es eso: llevar hielo adonde me lo pidan, sin hacer preguntas.

–¿Cuándo te hizo el encargo?

–Eeeh..., el día anterior. Me llamó desde el balcón cuando yo salía de este mismo bar, ¿sabe? Me preguntó si podía subirle a su casa diez barras de hielo al día siguiente. O sea, ayer. Que me las pagaría a tocateja al entregarlas.

---

5. En algunas regiones, como Aragón, forma de denominar al desván.

—¿Lo hizo? ¿Te pagó?

—Pues claro. Y, además, me dio una buena propina, ¿sabe?

—A cambio, le firmarías un recibo, supongo.

El muchacho duda un instante.

—Sí, claro. Siempre lo hago cuando me pagan en mano.

—¿Te comentó qué pensaba hacer con todo ese hielo?

—No. Bueno..., sí: dijo algo sobre un experimento. Que hacía mucho calor en la buhardilla y quería probar a refrescarla. Algo así. No le presté demasiada atención, la verdad. A mí, lo que la gente haga con el hielo, me da igual, ¿sabe?

—Ya.

—Tengo que seguir con el reparto. El hielo no espera. Se derrite, ¿sabe?

—Sí, claro que lo sé. Gracias por la información.

COMISARÍA DE CENTRO

Dos horas más tarde, Lorena y yo estamos entrando en la comisaría de Centro para relatarle a Damián los recuerdos de nuestras últimas veinticuatro horas con todo detalle.

Es un lugar sórdido y angustioso. Ya era la comisaría central de la ciudad en los años más oscuros de la reciente historia de España. Entre sus paredes se vivieron entonces acontecimientos que os harían vomitar.

Una secretaria que se parece a Bette Davis nos indica el camino para llegar al despacho del jefe Souto, en la segunda planta. Nos espera.

Durante cerca de veinte minutos, estrujamos nuestra memoria para relatarle nuestra última jornada casi minuto a minuto, empezando por la calamitosa circunstancia de los garbanzos socarrados y la comida en La Comadreja Parda, y terminando en mi reciente conversación con el muy atractivo repartidor de hielo. El jefe va tomando notas desganadas en un bloc. El tedio, sin embargo, desaparece de golpe cuando, al final de la declaración, recuerdo mi última conversación telefónica con Virgilio. Se yergue de inmediato tras la mesa.

–¡Un momento! ¿Me estás diciendo... que hablaste con el muerto por teléfono? ¿Cuándo fue eso?

–A las... ocho de la tarde. Lo sé porque iba a empezar el *Informativo regional.* ¿Te acuerdas, Lorena?

–Sí, sí...

–No lo entiendo. ¿Te refieres a las ocho de ayer o de anteayer?

–De ayer, de ayer. Ayer por la tarde.

–Pero, hombre, ese es un detalle importantísimo –murmura–. Significa que entonces seguía vivo. La autopsia aún nos tiene que indicar la hora de la muerte, pero... eso me descoloca. Yo había dado por hecho que Virgilio se colgó por la mañana, inmediatamente después de montar la plataforma de hielo. –Damián me mira, de pronto–. ¿Por qué esperó tanto tiempo? A no ser... Porque estás totalmente seguro de que quien se puso al teléfono... era él. Era Virgilio. ¿No?

Siento un ligero escalofrío. La verdad es que, sin pretenderlo, he estado navegando por esa duda casi desde el momento en que colgué el auricular.

–Lo cierto es que no puedo garantizarlo al cien por cien, jefe –reconozco–. Contestó a mis preguntas con monosílabos. Es difícil reconocer por teléfono un tono de voz cuando todo lo que te dicen es «sí», «no» y «adiós». Di por sentado que se trataba de él. ¿Quién iba a ser, si no? Pero..., claro, existe la remota posibilidad de que no lo fuera. De que, a esa hora, hubiese otra persona en su piso.

—Su asesino.

—Yo ahí lo dejo.

Souto se rasca la mejilla con la contera del lapicero mientras mira de soslayo a Lorena, que se mantiene en silencio.

—Una posibilidad inquietante —concluye el jefe Souto—. Sin embargo, a la espera de lo que diga la autopsia, la hipótesis sigue siendo el suicidio. La casa estaba cerrada por dentro, así que, salvo que tu asesino sea un portentoso ilusionista, no pudo salir. Virgilio se encontraba solo en el momento de su muerte.

—Cualquiera puede actuar como un ilusionista si conoce el truco.

—¿Qué quieres decir con eso?

—No, nada, nada... ¿Seguro que la casa estaba cerrada por dentro? ¿No podía haber quedado cerrada desde fuera?

Damián busca unas fotos en la carpeta que tiene sobre la mesa y selecciona cuatro de ellas.

—Son algunas de las imágenes que tomó Calveira, el secretario judicial. El balcón y el ventanuco de la cocina estaban perfectamente cerrados. El único tragaluz del desván, condenado y atornillado. Ninguna señal de haber sido abierto. Y tanto la cerradura de la puerta del piso como la del desván tenían puesta la llave por dentro. Por supuesto, todos los cristales de la casa permanecían intactos.

¡Zas! ¿Sabéis cuando alguien con la mano muy grande te coge así, por la mandíbula, y te agita la cabeza fuerte y rápido? Sí, hombre, que dices: «¡Ay! ¡Que este tío me va a descoyuntar!».

Pues algo así es lo que siento al contemplar las fotos de Calveira.

Las repaso, incrédulo. Una por una, lentamente. Me detengo, en especial, en la que muestra la puerta del desván, la que los bomberos tuvieron que abrir a hachazo limpio.

Siento caracoles vivos navegando por mi estómago y no quiero que Damián ni Lorena se percaten de mi desazón, así que busco desesperadamente cambiar de tema. Opto por contarle al jefe un detalle que no estaba seguro de querer compartir con él. Al menos, todavía.

–Oye, verás..., esta mañana, después de que todos os fuerais del piso de Virgilio, he decidido echarle un vistazo por mi cuenta.

Souto hace restallar la lengua, con disgusto.

–¡Pero, hombre, Fermín! Ese piso es todavía el escenario de una investigación y no se puede entrar sin permiso del señor juez.

–Ya, ya lo sé, pero era tan fácil atravesar esas ridículas banditas de plástico que colocáis para impedir el paso que no me he podido resistir.

–Está bien. ¿Y qué? ¿Has dado con algo que mis hombres no habían visto?

–Quizá.

–Lo suponía. Suéltalo de una vez.

–Verás: Virgilio era un tipo muy meticuloso, como sabemos. Pedía recibo o factura de cualquier compra que hacía, por mínima que fuera. Y los guardaba todos en un clasificador grande, de dos anillas. Le vi hacerlo en varias ocasiones. De cuando en cuando, me pedía que fuera a sacarle dinero en efectivo de los cajeros automáticos de la Caja de la Inmaculada. Sobre todo, al de la oficina de la calle Don Jaime, que es el más cercano a nuestra casa. Esa donde hay un mural muy grande de la Virgen, hecho con baldosines...

–Al grano, Fermín...

–Me daba su libreta de ahorros y me susurraba al oído su número secreto, porque él no usaba tarjetas bancarias; y, aunque el apunte quedaba reflejado en la propia cartilla, yo tenía siempre que llevarle el justificante de la operación en papel, que guardaba en ese clasificador de anillas, después de hacerle dos agujeritos con una taladradora. Como te digo, lo hacía así con todos sus recibos, que conservaba de este modo durante seis meses, ni un día más ni un día menos. Cumplido el plazo, arrancaba el papel del clasificador y lo arrojaba a la papelera.

–Y esta mañana, has encontrado ese clasificador y le has echado un vistazo.

–Exacto.

–¿Y? –pregunta Damián tras mi pausa dramática.

–No había recibo alguno del hielo ni de la soga con la que apareció colgado. Una soga así no es algo que uno tenga en casa por si acaso, salvo que guardes un barco velero en el trastero. Es cierto, podría haberla comprado hace más de seis meses, aunque se me hace rarísimo que planease su suicidio con tanta antelación; pero el hielo no. El hielo se lo subieron a casa ayer. Y el repartidor me ha asegurado que le entregó un recibo. Ese recibo no está en el clasificador. Tampoco en la papelera.

Tras un nuevo silencio, es Lorena quien interviene para ofrecer una posible explicación.

–Como ya había tomado la decisión de matarse, quizá consideró que no merecía la pena guardar ninguna factura más.

–Puede ser –admito, con desdén–. Tal vez, en sus últimas horas de vida, Virgilio dejase de ser el tipo obsesivamente meticuloso que siempre fue. Así que tiró ese recibo... ¿dónde? ¿Por la ventana, quizá?

Lorena me mira. Creo que ha captado el tono cáustico.

–Una prueba es algo que existe –me recuerda el jefe Souto–, no algo que no existe. Un recibo es una prueba. La ausencia de un recibo no es nada, Fermín.

–Algunos lo llamarían prueba circunstancial. Y, desde luego, no te estoy presentando una prueba, sino un indicio. Una sospecha. Para que la tengas en cuenta, si te parece oportuno.

–Entiendo. Tomo nota.

A COMER

De inmediato, Damián consulta su reloj y, tras pedirnos que esperemos, llama al doctor Cortés para preguntarle cuándo tendrá los resultados de la autopsia. El forense le responde que estarán cuando estén; que, cuando estén, se los enviará por fax, y que ni le meta prisa ni le dé la lata, que con eso no consigue más que hacerle perder el tiempo.

–En fin, lo de siempre. ¡Qué hombre tan desagradable! –comenta Souto, tras colgar el teléfono–. De todos modos, yo creo que a las cinco tendremos el informe. Cortés, pese a su apellido, no destaca por su amabilidad; pero es eficacísimo en su trabajo. Si queréis ser de los primeros en conocer sus conclusiones, pasaos por aquí hacia esa hora.

–¿Vamos a tomar ese vermú que nos habías prometido? –le pregunta Lorena.

Damián niega, desolado.

–Me encantaría, pero no va a poder ser. Lo siento, la vida no me alcanza para todo. Id vosotros a comer, tomaos un Martini con aceituna a mi salud y nos vemos aquí a las cinco. ¿Os parece?

BELANCHE

Al salir de la comisaría, Lorena propone tomar el aperitivo en Belanche y que vayamos después a comer a casa.

—Prometo prestar atención y no quemar los garbanzos de nuevo.

Siento un estremecimiento involuntario al recordar el comienzo de todo este lío.

—No me parece buena idea, Lorena. Aún debe de estar lloviendo en nuestro dormitorio. Y pensar en lo que le ha ocurrido a Virgilio me... me quitaría el apetito. Lo del vermú en Belanche me parece bien. Luego, buscamos un sitio con menú del día por allí cerca.

—A este paso, le vamos a tomar gusto a comer fuera de casa.

—¿Qué tal si...?

—¡A La Comadreja Parda no, por favor!

—¡Vaya! Pues a mí me gustó.

—No, si la comida estaba bien, pero tu amigo Nemesio... no me cae bien. Quiero decir que me parece un guarro.

—Bueno, bueno... En fin, si lo prefieres, nos vamos al Ebro.

—¿Al río?

—Al mesón, en la calle Torrenueva.

—Ah, ya.

EL EBRO

Al contrario que el bar de Nemesio, el mesón El Ebro no tiene mesas exteriores y está bastante limpio, aunque el comedor –interior, situado al fondo del local, tras una barra interminable– es ciertamente oscuro, casi tenebroso.

Nos dan mesa de rincón. Elegidas las bebidas y los platos del menú, Lorena dice que se va al baño.

Un buen rato después, cuando ya me he comido la mitad de los trozos de pan del cestillo, una de las tres mujeres que ocupan la mesa contigua se levanta también camino de los servicios. Regresa al cabo de unos minutos, sin que Lorena lo haya hecho todavía.

El camarero, que luce patillas de bandolero penibético, acaba de traer los primeros platos, pero Lorena sigue ausente.

Empiezo a inquietarme.

Por fin, me levanto, salgo del comedor y me acerco a los servicios. De camino, echo un vistazo a la zona de la barra. Entonces la veo, acercándose desde la entrada, así que vuelvo a mi sitio a toda prisa.

—Cuánto has tardado.

Ella se encoge de hombros.

—Ya sabes: lo de las chicas no es como lo vuestro. El baño era para una sola persona y había fila.

—Vaya.

A la fuerza tiene que saber que yo sé que me está mintiendo. Intuyo que ha ido al inicio de la barra porque allí está el teléfono público. Pero no es lugar ni momento para comenzar una nueva discusión.

Comemos bien, aunque peor que en La Comadreja de Nemesio. Peor comida y peor ambiente. Lorena y yo apenas cruzamos palabra.

Solo al final, con los cafés, ella me habla, mirando al mantel.

—Te veo decidido a llevar adelante tu estúpida idea de convertirte en el nuevo Sam Spade, pase lo que pase con el asunto de Virgilio.

–Lo cierto es que sí. Aunque preferiría ser el nuevo Pepe Carvalho.

–En ese caso, Fermín..., te lo digo ya: no cuentes conmigo.

Me llevo la taza a los labios, a pesar de que ya no queda ni gota de café.

–¿Qué significa eso?

–Que no pienso convertirme en la mujer de Pepe Carvalho. De ninguna manera. Ni aunque Damián se ponga de tu parte.

FAX

Entre unas cosas y otras, y porque nos compramos un Frigopié por el camino, Lorena y yo llegamos a la comisaría de Centro hacia las cuatro y media.

Veintidós minutos más tarde, tras un buen rato de charla futbolera con agentes e inspectores en la que Lorena arrasa con sus vastos conocimientos sobre el deporte rey, oímos el aviso de la llegada de un mensaje al fax. De inmediato, la secretaria se lo comunica a Damián, que acude raudo.

El informe del forense adquiere la forma de una larguísima hoja de papel térmico que nuestro exdirector teatral va leyendo en silencio, con rapidez, de pie, ante la mesa de su despacho.

Lorena y yo aguardamos, expectantes.

De repente, se le crispa el gesto. Le falta tiempo para salir al pasillo y gritar el nombre de uno de sus agentes.

–¡Miranda!

–¡Voy! –escuchamos, al fondo.

Mientras llega Miranda, Damián se vuelve hacia nosotros.

–Vas a tener razón, Fermín. La rotura de la tráquea de Virgilio no se corresponde con la presión ejercida por la soga de la que apareció colgado.

–No entiendo. ¿Qué…?

–Significa que alguien lo estranguló y, luego, lo colgó de la soga para simular un suicidio. Y, atentos: según el forense, Virgilio llevaba muerto unas cuarenta y ocho horas. Sitúa la hora de la muerte a lo largo de la mañana de anteayer.

–¡No es posible! –exclamo.

–Así que, por descontado, no fue con él con quien hablaste por teléfono ayer a las ocho.

–Y el repartidor de hielo miente. Dice que le llevó las barras ayer por la mañana, y que Virgilio se las pagó en metálico. Pero lo cierto es que, para entonces, ya estaba muerto.

Aparece en ese momento el inspector Miranda bajo el quicio de la puerta del despacho. Ni se molesta en saludar.

–Hay que localizar al repartidor de la empresa de hielo. ¿Cómo se llama?

–Congegoza, Sociedad Limitada.

–La empresa no, el tipo.

–Ah. Jacinto. Jacinto Montante.

–A por él. Detenedlo como principal sospechoso del homicidio de Virgilio Cultrecio. Yo le voy pidiendo al juez el auto de detención.

Cuando Miranda sale disparado, dispuesto a cumplir las órdenes del jefe Souto, Lorena también se levanta de la silla y se dirige a la salida.

–Vaya, parece que llevabas la razón –dice, de camino–. Enhorabuena, Fermín. Me voy a casa. Supongo que tú te quedas a disfrutar del éxito.

* * *

DESAPARECIDO

El resto de la tarde resulta apasionante, pero infructuoso.

Al mismo tiempo que Damián llama al dueño de la fábrica de hielo, un coche patrulla accede a la factoría del barrio de Montemolín.

Es tarde.

–No ha devuelto la furgoneta tras el reparto de hoy –declara, desolado, don Constantino Congegoza–. No sabemos dónde está.

El juez Tartián no tarda en dictar una orden de busca y captura. La policía establece un dispositivo de control destinado a intentar evitar la huida del sospechoso. Los atascos se multiplican por la ciudad. Algunos de ellos llegan hasta las inmediaciones de Huesca. Pero de Jacinto, ni rastro.

La jornada llega a su fin con la investigación encarrilada, pero sin resultados. Nadie sabe qué ha sido del muchacho rubio ni de la furgoneta que conducía. La policía registra su casa, pero no encuentran indicios que permitan asegurar que ha huido. De haberlo hecho, se ha ido con lo puesto. Ni siquiera ha cogido el pasaporte. Entre los investigadores policiales se instala como buena la teoría de que Jacinto Montante estranguló a Virgilio y, luego, trató de simular su improbable suicidio. Solo hay pruebas circunstanciales y se desconocen los motivos que pudieran llevar al sospechoso a matar a alguien al que, según los primeros indicios, no conocía en absoluto.

–No tenemos al señor Cultrecio en el listado de nuestros clientes. Jamás le hemos servido ni una miserable bolsa de cubitos de hielo, estoy seguro –declara, muy digno, a la policía el dueño de Congegoza–. Es cierto que, esta mañana, al iniciar su jornada, Jacinto indicó que había recibido verbalmente un pedido de diez barras grandes para un nuevo cliente que pagaría al contado. Los del almacén se fiaron de él y se las cargaron en la furgoneta, junto con el resto del reparto previsto. Y esa fue la última vez que lo vieron. Jamás habría sospechado que ese muchacho pudiera ser un criminal. Parecía tan buen chico... –asegura don Constantino, sumándose así al sincero sentir del noventa por ciento de los vecinos de cualquier asesino del mundo.

TRECE ESCALONES

Pasadas las nueve de la noche, me despido de Damián, que va a seguir al pie del cañón un rato más, por si llegan novedades. Lo hago a regañadientes, pues no tengo el menor deseo de volver a casa. Por desgracia, no tengo otro sitio al que ir.

Podría pedirle a Damián que me permitiese dormir en un sofá de la comisaría o incluso pasar la noche en el Refugio Municipal, junto a los indigentes habituales de la ciudad. Pero sería solo un modo de retrasar lo inevitable.

Así pues, regreso a nuestro domicilio a pie, muy despacio, dejando pasar el tiempo con la esperanza de encontrar el piso ya vacío; confirmo, sin embargo, una vez más, que soy un cenizo al que la mala suerte persigue con saña porque, tras atravesar nuestro largo zaguán, justo al llegar al pie de las escaleras, descubro a Lorena en el primer rellano, con una maleta en cada mano.

Siento al mismo tiempo dolor y alivio.

Nos miramos de hito en hito, a la triste luz de las dos bombillas de sesenta vatios que nos iluminan. Ella, arriba. Yo, trece escalones por debajo.

–¿Te marchas?

Suspira profundamente.

–Quizá no lo entiendas, pero no me siento con fuerzas para sobrellevar esto. Lo siento, Fermín. Si sigues empeñado en hacerte detective, mucho me temo que lo nuestro termina aquí. Me siento engañada. En la ceremonia de nuestra boda prometí serte fiel en la salud y en la enfermedad, en la riqueza y en la pobreza; pero no en la estupidez. Y esto es algo tan estúpido que ni siquiera de ti lo habría imaginado.

–Lamento que pienses así.

–Ojalá te vaya bien en tu nuevo trabajo. Aunque lo dudo seriamente.

Alza las maletas y, con cuidado, comienza a descender; pasa junto a mí y sigue adelante, camino de la calle.

Estoy a punto de callar, pero, en el último momento, la ira se sobrepone al miedo.

–Fuiste tú, ¿verdad? –le pregunto.

La sorpresa, supongo, la obliga a detenerse.

–¿De qué hablas?

–Hay muchas cosas de las que no estoy seguro. Muchos detalles que podrían tener otra explicación. Sin embargo, hay algo para lo que, por más vueltas que le doy, no encuentro alternativa.

–Deja de hacerte el interesante, Fermín. Deja de marearme con tus estúpidas sospechas. No pienso escuchar más tonterías.

Se apaga la luz de la escalera. Para poder seguir viéndonos, tengo que avanzar y apretar el pulsador. Cuando lo hago, descubro que ella también ha ido en busca del interruptor y estamos muy cerca. Cara a cara.

–Cuando esta mañana miré por el ojo de la cerradura de la puerta del desván, pude ver a Virgilio balanceándose en el aire, y por eso te pedí que llamases a los bomberos. Pero, después, en una de las fotos del escenario que nos ha mostrado Damián, aparecía la cerradura de esa puerta con la llave colocada por dentro.

–¿Y qué?

–Si esa llave hubiese estado ahí todo el tiempo, yo no podría haber visto nada a través del ojo de la cerradura. Por tanto, alguien la introdujo allí entre el momento en que los bomberos derribaron la puerta y la llegada de la comitiva judicial. Como no creo que lo hiciera ni un bombero ni un policía, solo me quedan dos opciones: que lo hicieras tú o que lo hiciera yo. Y yo no lo hice.

Lorena me mira, impasible. Si acaso, esboza una sonrisita minúscula.

–Bobaditas de las tuyas –sentencia, en tono firme–. ¿Qué es esto? ¿Otro tonto problema de lógica, como los que resolvía Virgilio? ¿O me estás contando una de tus novelas baratas de detectives?

–No, Lorena, nada de eso. Estoy seguro de que tú pusiste ahí esa llave, para que la policía diera por hecho que el piso de Virgilio estaba cerrado por dentro y que el suicidio era la única explicación posible. Pero tú y yo sabemos que no fue así.

En algún rincón del alma guardo la esperanza minúscula de que Lorena se venga abajo y confiese. «Sí, lo admito: fui yo. ¡Yo maté a Virgilio!». Mas no sucede.

–¿«Sabemos»? ¿Qué sabemos? –replica displicente–. No hay nada que saber. Si acaso, que ese repartidor mintió sobre el momento en que le llevó a Virgilio sus barras de hielo. A lo mejor se armó un lío. Quizá se puso nervioso al saber que su cliente se había suicidado y confundió una mañana con la anterior. ¡Vete a saber!

—Yo tengo otra teoría.

—No pienso quedarme a escuchar tus desvaríos, Fermín —dice Lorena, sin moverse del sitio ni un centímetro.

—Yo creo que Virgilio, que estaba muy enamorado de ti, te descubrió a través del ventanuco de la cocina divirtiéndote de lo lindo con ese repartidor de hielo tan cachas, tan guapo y tan rubio. Quizá, llevado por los celos, te amenazó con contármelo, con montar un escándalo, con chantajearte de algún modo..., no sé. El caso es que la discusión derivó en altercado y, tal vez, tu amigo lo agarró por el cuello y le partió la tráquea. Alguien con tantas horas de gimnasio a las espaldas pudo hacerlo incluso sin querer, en un arrebato. En realidad, la eterna historia de Virgilio, que, sin comerlo ni beberlo, sin que la cosa fuera realmente con él, se llevó una vez más la peor parte.

Como si se tratase del final de un monólogo teatral, en ese momento se vuelve a apagar la luz. De inmediato, aprieto de nuevo el pulsador.

—¡Qué alivio! —comenta Lorena, sarcástica—. Al menos, no piensas que maté yo a Virgilio con mis propias manos.

—¿Lo hiciste?

—No seas imbécil...

—Cierto, no lo creo. Pero sí te creo una chica lista y resuelta, capaz de encontrar la manera de escapar ambos, tú y tu amiguito, del marrón que se os venía encima. Imagino que su trabajo te sugirió la idea de reproducir el problema del suicida improbable. Eso sí, era necesario esperar al día siguiente para no alterar su rutina de reparto de hielo y que eso atrajese sospechas. Mientras tanto, aquella misma tarde, supongo que comprarías la soga en algún comercio alejado de nuestro barrio. Lo hiciste bastante bien. Fíjate que incluso he llegado a pensar si no dejarías a propósito que se te quemasen ayer los garbanzos, para así obligarnos a comer fuera de casa mientras Jacinto terminaba de preparar el escenario del ficticio suicidio. Que, por cierto, no tuvo que resultarle fácil, con el peso y las dimensiones del pobre Virgilio. Menos mal que el muchacho está fuerte como un toro. Y se mostró espabilado cuando decidió responder a mi llamada telefónica haciéndose pasar por él.

Lorena frunce el ceño de cuando en cuando. No sé si pretende hacerme dudar de mis palabras o es un indicio de todo lo contrario.

—Excelente movimiento el de ofrecerte a ir después a por unos helados de Los Italianos. Supongo que fue el momento en que aprovechaste para cerrar por fuera la puerta del desván, una vez que Jacinto hubo terminado de componer la escena. Ya solo tenías que esperar unos días a que la ausencia de Virgilio o el mal olor del cadáver delatasen su muerte. Tendrías que estar atenta cuando los servicios de emergencia irrumpiesen en su piso, para depositar la llave en algún cajón de la vivienda o colocarla por la parte interior de la cerradura, que fue lo que finalmente hiciste. Tu amigo y tú tan solo cometisteis un error: demasiado hielo.

Lorena me contempla impertérrita, moviendo ligeramente la cabeza.

—Eso no es una hipótesis, Fermín. Es una solemne majadería. En todo caso, ya oíste a Damián: una buena teoría más ausencia total de pruebas es igual a absolutamente nada.

—¡Bah! Solo hay que esperar a que la policía dé con nuestro amigo Jacinto. En cuanto lo interroguen y cuente su versión de los hechos, sabremos hasta qué punto me equivoco.

—No lo harán —vaticina Lorena, en un susurro apenas audible.

–¿Qué?

–Que no darán con él –repite, en un tono calmo, que me deja helado–. En fin, ahí te quedas. En cuanto localice a un buen abogado, te haré llegar los papeles del divorcio.

Y con esa promesa en los labios, Lorena me da la espalda, coge sus dos maletas y sale de la casa.

De inmediato, se apaga una vez más la luz de la escalera.

En ese momento, supuse que no tardaría mucho en volver a verla, pero todos los trámites de nuestro divorcio se hicieron a través de abogados y, a partir de ahí, nuestros caminos no volvieron a cruzarse. Transcurrieron nada menos que dieciséis años hasta nuestro siguiente reencuentro.

Pero eso es otra historia[6].

FUNERAL

Debido a diferentes trabas burocráticas, ha pasado más de una semana cuando se celebra el funeral por Virgilio.

Tras una misa oficiada con prisas por el cura de turno en el cementerio, en cuya homilía alaba la gran humanidad del difunto pese a reconocer más tarde que jamás lo conoció en vida, los siete asistentes al sepelio acompañamos la conducción del ataúd hasta su destino definitivo, en el último piso de un bloque de nichos de tan reciente construcción que aún está sin terminar. Por lo visto, las obras llevan un considerable retraso por culpa de varias denuncias por corrupción en la concesión municipal, pero la gente no deja de morirse por eso.

---

6. En efecto, es otra historia: *El último muerto*, en esta misma colección.

Tras el Mercedes fúnebre, encabeza la comitiva el hermano gemelo de Virgilio. Se llama Horacio, y el parecido entre ambos es tan asombroso que, a nuestra llegada al tanatorio, Damián, Virino y yo hemos estado a punto de lanzar un grito, creyendo que el muerto había resucitado.

Como resulta habitual en Zaragoza, el tiempo ha cambiado con rapidez. En estos ocho días, hemos pasado de aquel calor de campamento beduino a un clima más propio de la taiga siberiana. Rachas de inclemente cierzo nos zarandean mientras aguardamos a que los sepultureros terminen con los trabajos de introducción de la caja y de colocación de la lápida provisional.

–Me gusta el sitio –comenta Virino–. Alto, con vistas y bien ventilado. Estará a gusto.

A nuestra espalda, una mujer de mediana edad carraspea su incomodidad.

–¿Qué ocurre? –pregunto, volviéndome hacia ella.

–Un poco de respeto, por favor, que el cuerpo aún está insepulto.

–¿Y usted quién es?

–Me llamo Azucena. Soy su psiquiatra. Lo era, quiero decir.

Los tres la miramos con disgusto. Virino no se corta ni un pelo.

–Quizá, en lugar de venir aquí a echarnos la bronca ahora que está muerto, podía haber hecho algo más por Virgilio cuando aún estaba vivo.

–Lo habría intentado, pero nunca apareció por mi consulta. Cogía cita por teléfono y luego no venía.

–Virgilio era agorafóbico, señora. Tenía pánico a salir de casa.

Azucena alza las cejas.

–¡Atiza! Ahora me lo explico todo. Claro, como nunca acudió a verme, ni siquiera le pude hacer un diagnóstico. Y en la Seguridad Social no hacemos visitas de psiquiatría a domicilio.

—O sea, que la culpa es del sistema.

—O del Gobierno, como usted prefiera.

—Claro, claro...

También ha venido al entierro el señor Congegoza, el dueño de la fábrica de hielo y congelados. En realidad, parece que su interés estriba más bien en hablar con el jefe Souto.

—¿Se sabe algo del paradero de Jacinto, inspector?

—Todavía no. No se preocupe, cuando lo localicemos le avisaré de inmediato.

—Es que desapareció con la furgoneta, ya sabe. De momento, he tenido que alquilar otra para hacer el reparto, y no me salen las cuentas.

—Descuide. Si su furgoneta aparece, igualmente le daremos aviso.

Lo cierto es que tardarán aún siete meses en avisarle, cuando los restos del vehículo aparezcan en el fondo del Canal Imperial, a la altura de Valdefierro.

En cambio, de Jacinto Montante nunca más volverá a saberse nada. Hasta donde yo sé, sigue en busca y captura.

Por fin, terminados los trabajos de los sepultureros, los escasos asistentes hacemos fila para darle el pésame a Horacio Cultrecio. Damián, Virino y yo nos quedamos los últimos. Así, nos enteramos de que Horacio, que hasta ahora residía en Albacete, vendrá a vivir a Zaragoza. Naturalmente, ocupará el piso de su difunto hermano, como único heredero suyo. Será nuestro nuevo vecino.

—¿Le gusta a usted ver la televisión, Horacio? —quiere saber Virino de inmediato.

–Hombre..., pues sí.

–Pero no pondrá muy alto el volumen, ¿verdad?

–Pues no sé... Lo normal, supongo.

–Ayayay...

–¿Y también le gustan los pasatiempos, como a su hermano? –se interesa Damián.

–Oh, sí. Sí, esa era una afición que compartíamos Virgilio y yo desde niños. De hecho, la última vez que hablamos por teléfono me dijo que estaba intentando resolver el crucigrama más grande de España.

–En efecto –le confirmo–. Lo tenía muy avanzado, pero quedó sin terminar.

–Me gustaría completarlo. Será como rendirle un homenaje. ¿Puedo contar con usted, Escartín? Sé que él le pedía ayuda de cuando en cuando.

–Por supuesto, Horacio. Cuente conmigo.

–¿Y los jeroglíficos?

–¿Los egipcios?

–No, los de los pasatiempos.

–¡Je! Era una broma. Sí, también me gustan los jeroglíficos. ¿Por qué lo pregunta, inspector?

Damián se echa mano al bolsillo de la gabardina y saca, doblada en cuatro, la cuartilla que contiene el último jeroglífico que Virgilio le regaló a Lorena.

–¿Tiene la solución para este?

Horacio lo mira y sonríe.

–Pues claro, hombre. Una D con la palabra Mississippi escrita en su interior. Es un jeroglífico bastante conocido. Muy ingenioso. ¿Cuál es la pregunta?

–¿Pregunta? ¿Qué pregunta?

—Hombre, la solución de cualquier jeroglífico es siempre la respuesta a una pregunta.

—Ah, pues... desconozco la pregunta.

—Entonces, haremos una cosa: primero, le daré la respuesta y, después, usted busque la pregunta.

—De acuerdo.

Horacio toma el papel y señala con el dedo, mientras lo explica:

—La cosa es muy sencilla. El Mississippi, como todo el mundo sabe, es un famoso río americano. ¿Cómo se descifra esto, entonces? Fácil: «Se ve en D, escrito, río americano». Es decir: «Se vende escritorio americano».

El jefe Couto y yo cruzamos dos miradas de besugos.

—En efecto, como tantas otras cosas, una vez que conoces la solución, resulta muy evidente. Pero... ¿qué significa esa frase?

—Ah, eso ya no lo sé... Usted es el policía, amigo —recuerda el hermano de Virgilio, alzándose de hombros.

EPÍLOGO

Más o menos a la misma hora en que el cuerpo de Virgilio Cultrecio era inhumado en el cementerio de Torrero, Máximo Fonseca alzó la vista al escuchar el timbre de su establecimiento, una tienda de compraventa de antigüedades cercana a la catedral de la Seo.

A través del cristal del escaparate, echó un vistazo a la persona que llamaba. Sintió un ramalazo de complacencia al comprobar que se trataba de una mujer joven y guapísima.

Su voz ya adelantaba clase, distinción y hermosura, pero el anticuario no imaginaba hasta qué punto.

Se levantó, dispuesto a abrirle la puerta, mientras se sacudía por el camino la caspa de los hombros y de las solapas del traje.

—¿El señor Fonseca? Hemos hablado por teléfono a primera hora de esta mañana.

—Ah, sí, sí..., claro. Adelante, la estaba esperando.

Lorena entró en la tienda echando un vistazo panorámico.

—¡Cuántas cosas!

–Solo artículos selectos.

De inmediato, el hombre le hizo un gesto para que lo acompañase hasta un almacén contiguo al espacio principal, atestado de muebles de diferentes épocas colocados de cualquier manera. A Lorena le recordó enseguida el decorado del primer acto de una comedia de Jardiel Poncela que había representado, mil años atrás, con aquel grupo de teatro dirigido por Damián Souto.

Fonseca la guio por el laberinto de sillas, sillones, mesas, armarios, cadieras, mecedoras, cabeceros, vargueños, taquillones y demás, hasta señalarle una pieza en concreto.

–Ahí lo tiene. ¿A que es bonito? Auténtico roble rojo de Virginia –inventó.

Se trataba de un escritorio tipo americano, con un alargado cajón central bajo el tablero y otros tres cajones, mucho más altos, a cada uno de los lados del puesto de trabajo.

Lorena lo examinó con detenimiento.

–¿Está seguro de que es el que ando buscando? En los últimos días he tenido que realizar muchas llamadas telefónicas a colegas suyos hasta dar con él. Suponía que no andaría muy lejos, pero no imaginaba que hubiese tantas tiendas por aquí dedicadas a lo mismo.

–Sí, estamos en el barrio de los anticuarios. Pero, como le he dicho antes, en cuanto me lo ha mencionado, me ha venido aquella compra a la memoria. Recuerdo perfectamente al hombre que me lo vendió, hace unos meses. Un sujeto muy gordo, que vivía en una de las calles que forman el Tubo. Además, a mis ayudantes y a mí nos llevó bastante trabajo bajarlo por aquella escalera tan estrecha. Con los datos que me ha dado, es el que usted busca, sin duda.

–¿Lo ha revisado?

El hombre sonrió antes de contestar.

–No, no lo he hecho. Supongo que me pregunta por el compartimento secreto del que disponen casi todos estos escritorios, ¿verdad?

–En efecto. No irá a decirme que no lo ha buscado. ¿Y si oculta un tesoro?

El hombre lanzó una media carcajada.

–Le aseguro que antes lo hacía, hace años, cuando era más joven; pero los mecanismos de apertura resultan muy difíciles de encontrar. Es como si los fabricantes de estos muebles hubieran entrado en su día en una competición por ver quién era capaz de hacerlo más difícil y complicado. Puede ser parte de una moldura casi imperceptible, o consistir en colocar los seis cajones en una determinada posición... Hace años tuve uno que casi me vuelve loco. Había que retirar un nudo en la madera de la parte posterior del tablero y llenar el hueco con perdigones de plomo. Eso accionaba el mecanismo. Total, cuando, por fin, he dado con alguno de esos compartimentos secretos, jamás he hallado en ellos nada interesante. Así que ya no pierdo el tiempo. Entonces..., ¿le interesa?

Lorena simuló pensárselo.

–¿Cuánto pide por él?

–Cincuenta mil pesetas.

–Eso es una barbaridad. Le ofrezco treinta mil.

Sonrió Fonseca.

–Ya sabe usted cómo va a terminar esto. ¿Seguimos con la comedia o nos damos la mano por cuarenta mil?

–Trato hecho.

–Magnífico. Espero que se divierta. Oh, hay otra opción, claro está: basta con coger un hacha e ir reduciendo el mueble a astillas hasta dar con el cajoncito oculto de las narices.

–Le daré un talón ahora mismo.

–No, no, no, nada de cheques personales, lo siento. Normas de la casa.

Lorena apretó los dientes y, tras suspirar, sacó del bolso un sobre de papel manila lleno de dinero, del que cogió cuatro preciosos billetes azulados de diez mil pesetas, aún sin doblar.

–No se ven muchos de estos –comentó el anticuario, guardándoselos en el bolsillo interior de la chaqueta–. ¿Necesitará factura?

–No. Lo que necesito es que se olvide de que he estado aquí.

–¡Qué lástima! Pero cuente con ello. ¿Se lo envuelvo para regalo?

–No, muchas gracias. Me lo llevo puesto. Tengo ahí fuera, esperándome, a un par de hombres fuertes al volante de un camioncito.

–Perfecto. Ha sido todo un placer hacer negocios con usted, señora...

La curiosidad del brocanter quedó en el aire.

Lorena le clavó una mirada criminal.

–Señorita, si no le importa.

UN AMOR IMPROBABLE (2002)

Hubo un tiempo en que llegué a creerme un gran detective.

Fue después de resolver con bastante soltura la misteriosa desaparición del ingeniero Andrés Olmedo[7]. Aquello fue una inyección de autoestima, pese a que poco nos faltó al jefe Souto y a mí para palmarla en el transcurso de la investigación.

Quizá por compartir la cercanía de la muerte, quizá porque en aquel caso me mostré especialmente brillante, a partir de ahí la opinión de Damián Souto sobre mis habilidades detectivescas sufrió un notable incremento que lo llevó, durante una corta temporada, a buscar mi compañía de manera mucho más asidua de lo habitual. Al menos una vez al mes me llamaba por teléfono y me proponía quedar para tomar el aperitivo, rito al que siempre acudía acompañado de algún colega al que me presentaba como discípulo suyo y heredero indiscutible del inspector Maigret.

---

7. Ver *La tuneladora*, en esta misma colección.

Yo me dejaba querer, consciente de que los períodos de felicidad a lo largo de la vida del común de los mortales suelen ser escasos y breves, así que hay que aprovecharlos y disfrutar de ellos en lo posible, pues sabía que no tardaría en llegar el tío Paco con las rebajas y volvería a ser considerado un mamarracho.

La única condición que yo le ponía al jefe Souto para acceder a aquellos encuentros era que no me obligase a alejarme demasiado de mi domicilio; en el peor de los casos, que no fuera necesario rebasar los límites de mi distrito: el Casco Histórico, el Coso, el Ebro y el último tramo de la avenida del César Augusto. Naturalmente, mi primera opción siempre era Bodegas Almau, bar del que me separan exactamente seis pasos desde mi portal.

HOY

Y así llegamos al día de hoy, un martes de principios de verano en el que, precisamente, hemos quedado aquí, en Almau. Diez minutos antes de la meridiana hora acordada, bajo de casa y me sitúo en mi lugar preferido del local, al fondo de la barra, protegido por la penumbra y acariciado por el frescor que asciende desde el sótano a través de una empinadísima escalera labrada directamente en el terreno antes de la llegada a nuestra ciudad de las tropas de Napoleón.

Absorto en mis siempre negativos pensamientos, Damián me pilla desprevenido. No me percato de su presencia hasta que lo tengo justo al lado y me sacude un jovial cachete que casi me provoca un aneurisma de aorta.

–¡Caray, Damián, qué susto!

Su única disculpa es una carcajada.

Como en anteriores ocasiones, aparece acompañado por un colega. En esta ocasión, un tipo de aproximadamente su misma edad y con su misma pinta de madero. Uno de esos polizontes que cualquier aprendiz de delincuente distingue a tres manzanas de distancia pese a vestir de paisano.

–Eugenio, te presento a Fermín Escartín, famoso detective privado. Fermín, este es el inspector Eugenio Gómez Cox, un buen compañero.

–Los amigos de Damián son mis amigos –digo por quedar bien, mientras nos estrechamos la mano, aunque la frase me ha quedado falsa, como si fuera el título de una canción de los años de la movida.

–Conozco a Fermín –explica Souto, como hace siempre que tiene ocasión para ello– desde que, siendo un adolescente, se apuntó en las filas del grupo de teatro que yo dirigía.

–¡Qué me dices! ¿Eras director de teatro? –pregunta un sorprendido Gómez Cox–. Jamás lo habría imaginado.

–Algo hay que hacer en el tiempo libre, si no quieres que el trabajo se te meta en los huesos y acabe por provocarte un cáncer de tuétano.

–¡Vaya sorpresa, Damián! Nos conocemos desde los años de Ávila y nunca te habría imaginado rodeado de comediantes.

Souto desvía la mirada.

–Hace tiempo que todo eso acabó; pero no te quepa duda de que echo de menos aquella época. Los ensayos, las funciones...

–Yo no –reconozco al instante–. Si acaso, por lo jóvenes que éramos, y ni aun eso. Lo cierto es que no pagaría ni un céntimo por regresar a la maldita adolescencia. Bueno, ¿qué? ¿Pedimos unas cañas y unas salmueras con cazalla?

Cox y Souto acceden con entusiasmo a mi propuesta, así que le hago en la distancia un gesto a Cecilia, que oficialmente ya está jubilada, pero sigue echando una mano a sus hijos de vez en cuando.

–Veo que aquí te entienden sin palabras.

–Faltaría más. Vivo justo ahí enfrente. Hay días en que paso más tiempo acodado en esta barra que en el sofá de mi propia casa. A la Ceci la conozco desde niño.

–Es una buena zona para vivir en Zaragoza –valora el policía.

–Según se mire. Es céntrico y castizo, pero también es una lata. Que si los turistas, que si las despedidas de soltero, que si los *hooligans* de todos los equipos de primera división... Casas viejas, humedades, ausencia de ascensor y calles estrechas llenas de basura. Eso sí, nacer en el Tubo te marca para toda la vida.

Cecilia nos trae la comanda. Souto, de inmediato, toma una de las anchoas por la cola y, ayudándose con un palillo, da cuenta de ella con habilidad suprema; o sea, sin mancharse la camisa. Eugenio y yo lo imitamos de inmediato.

–De modo que eres detective privado.

–Así es.

–¿Y te ganas la vida con ello?

–Unas temporadas mejor y otras, peor; pero sí, es mi trabajo.

–Un profesional, en el mejor sentido de la palabra –interviene Souto, mientras yo lo miro de reojo, pasándome una servilleta de papel por los labios–. ¿Te acuerdas de la desaparición de Galindo, el fabricante de bragueros? La resolvió él[8].

---

8. Ver *El asunto Galindo*, en esta misma colección.

–¡Caramba! –exclama el inspector admirativamente–. ¡Pero si aquello tuvo repercusión nacional!

–Fue mi primer caso. Tuve suerte, nada más. Hace mucho tiempo de eso.

–Fermín llegó de la universidad –prosigue el jefe Souto–. Doctor en Filología, hace veinte años era el profesor más joven de la Facultad de Letras. Lo dejó todo para dedicarse a la investigación. A la investigación criminal, quiero decir.

Eugenio alza las cejas, incrédulo.

–¿Y cómo fue?

–¿El qué?

–Pues eso: ¿cómo decidiste dedicarte a esto? No es una actividad muy corriente que digamos. ¿Tenías antecedentes familiares? ¿Algún pariente policía, quizá?

–¡Ah! ¡Qué va! Una estupidez de las mías, en realidad. Siempre fui un buen lector de novelas de intriga. Pensé que, con lo que había aprendido en ellas, me sería fácil convertirme en un buen detective. Me equivoqué de medio a medio, claro. Con esa preparación, solo se me dan bien los casos de novela, como el de Galindo. Y, de esos, me llegan muy pocos a las manos, como podrás suponer. En cambio, para los casos tontorrones y facilicos, que son mucho más habituales, me he mostrado siempre especialmente torpe.

Estoy a punto de confesar que aquella decisión también dinamitó mi matrimonio, pero sé que a Souto lo perturbaría el recuerdo de Lorena, por la que él sigue sintiendo un inexplicable afecto. Estoy seguro de que no ha pasado desapercibido para el inspector Cox, que parece un tipo despierto.

Tras un nuevo tiento a las cañas, decido pasar al ataque para no seguir siendo la diana de todas las preguntas.

—¿Trabajáis los dos en la misma comisaría?

—No, no. Eugenio pertenece a la de Montemolín —aclara Damián Souto, determinado a responder a todo por sí mismo y por los demás—. A las órdenes de la comisaria Beltenebros.

Sonrío al escucharle.

—Ah, caray... —digo enseguida—. La famosa Sibila Beltenebros. Ahora entiendo por qué me sonaba tu nombre, Eugenio. Hace varios meses tuvisteis un asunto muy poco habitual: un decapitado, ¿verdad? Lo leí en la prensa.

—Buena memoria.

—Hombre, no todos los días surge la noticia de que un tipo ha aparecido en un descampado con la cabeza a tres metros del cuerpo, metida en una cesta de mimbre. ¿Y qué? ¿Ya se resolvió el tema? ¿Disteis con el asesino?

Eugenio suspira sonoramente mientras cambia una mirada huidiza con Damián.

—Lo cierto es que no. Más bien, todo lo contrario.

Siento un ligero escalofrío. Gómez Cox carraspea, incómodo. Una vez más, Souto opta por hablar en su lugar.

—En realidad, Eugenio ha venido esta mañana conmigo en busca de ayuda. De tu ayuda, Fermín. La investigación lleva semanas en punto muerto y he pensado que a lo mejor a ti se te ocurre cómo darle un impulso.

—Caray... Así de desesperados estáis, ¿eh?

—Ni mucho menos —dice Gómez Cox, sin ninguna convicción.

—¡Venga, Eugenio! —lo anima Damián de inmediato—. Cuéntanos lo que tenéis y quizá podamos echarte una mano. Tres cabezas piensan más que una.

—Eso depende de las cabezas —preciso—. En asuntos de ingenio, uno más uno no siempre suman dos.

Cox simula pensárselo, pero accede enseguida.

–De acuerdo. La cosa está más negra que las botas de un minero. Hoy hemos descubierto el cuarto crimen de la serie.

Un escalofrío de perplejidad me recorre la espalda.

–¿El cuarto? –repito atónito–. Pero... ¿me estás diciendo que tenéis cuatro asesinatos sin resolver?

–Así es. Una auténtica pesadilla. Por eso estamos dispuestos a aceptar cualquier sugerencia.

–Me encantaría ayudarte, claro está, pero no veo cómo.

–Ni yo. Aunque quizá Damián tenga razón y nos venga bien una opinión ajena, la de alguien que no esté tan presionado como nosotros por obtener resultados. Tal vez se te ocurra cómo orientar la investigación de un modo distinto al nuestro.

No puedo negar que me siento halagado. Pocas veces se rebaja a pedir ayuda a un investigador particular. De hecho, creo que solo pasa en las novelas de Sherlock Holmes.

–O sea, me estás pidiendo que consiga al momento lo que todos los efectivos de tu comisaría no habéis logrado en meses de trabajo, ¿no?

–¿No te dije que era un tipo estupendo? –tercia Damián.

Apuro mi cerveza y, con un gesto, le pido otra caña a Cecilia. Guardo silencio hasta que la pone a mi alcance.

–Veamos: esos cuatro asesinatos... ¿Todos ellos han sido decapitaciones?

–¡Qué va! Cada uno de los crímenes ha seguido un patrón diferente. Por su orden: decapitación, alanceamiento, disparo con arma de fuego y, por fin, el descubierto hoy... muerte con espada.

No puedo evitar alzar las cejas.

–¿Una estocada? Caramba, qué teatral, ¿no? ¡Qué teatrales los cuatro!

—¿Seguro que se trata siempre del mismo asesino? —pregunta Damián.

—Pese al cambio de método, de eso estamos convencidos al noventa por ciento. Noventa y cinco por ciento —se corrige el inspector Cox.

—¿Y no deja mensajes? —pregunto entonces, logrando que los dos policías me miren con interés—. Lo digo porque los asesinos en serie suelen ser sujetos bastante comunicativos, al menos en las novelas.

—Te refieres a... ¿a qué?

—A que les gusta dejar mensajes. Y no me refiero a un papel escrito de su propia mano, sino..., en fin, un sello propio, una pista sobre futuros crímenes, un acertijo... A esos tipos les encanta presumir, jugar con la policía, con los periodistas...

Gómez Cox niega, rotundo, anchoa en mano.

—No hay mensajes, te lo garantizo. No hay pistas. No hay nada. Todos los escenarios están escrupulosamente limpios. Ni una huella, ni una pisada, ni un rastro... Solo un detalle en el tercer crimen, el de hace dos semanas, que... no nos ha llevado a ningún sitio.

—¿Qué detalle es ese?

Viendo que su colega duda si continuar o no, Souto lo acucia con tiento.

—Vamos, cuenta, Eugenio. No te pares en lo más interesante, por Dios. Estás entre amigos.

Gómez Cox asiente, por fin, y se aproxima a nosotros para hablarnos en un tono más bajo.

—La tercera víctima, un hombre bien vestido, muy elegante y tal, llevaba encima una cartera con documentación. Supusimos que eso nos ayudaría a identificarlo, pero... resultó ser falsa.

–¿La cartera?

–La documentación.

–¿El muerto llevaba encima documentos falsos? ¡Qué cosa más rara!

El inspector se echa mano al bolsillo y saca un folio doblado en cuatro, con una imagen fotocopiada en blanco y negro. Me lo muestra.

–¿Qué demonios...? –exclamo sorprendido–. ¿Es una broma?

Se trata de un carné de identidad del modelo antiguo, de los de cartulina azul, los habituales en la época anterior a la Constitución. De inmediato, me llama la atención el nombre: Alonso Manrique Finado. Sobre todo, claro está, el segundo apellido.

–La falsificación no era mala –reconoce–, pero, además de que estos carnés ya no están en vigor, en cuanto comprobamos el número vimos que no se correspondía con el de ningún ciudadano real, vivo o muerto. Y la dirección que figura en él también es ficticia.

El documento es muy interesante. En la foto, el titular aparece con los ojos cerrados, cosa impensable en un DNI auténtico.

–¿Esto significa que le hizo la foto estando ya muerto? –pregunto.

–Creemos que así fue.

–Resulta macabro.

Repaso detenidamente los datos que figuran en el falso documento.

–¿Seguro que en los escenarios de los otros crímenes no había algo remotamente parecido a esto? Me refiero a algo fuera de lo normal. Un elemento chirriante. Una pieza que no encajase en el rompecabezas.

–No. Hemos sido igualmente minuciosos en los cuatro casos. Ese carné falso es la única nota discordante.

–Qué curioso.

Cierro los ojos en un intento de encontrarle un sentido a la forma de proceder del asesino. Por desgracia, la paciencia de Gómez Cox es considerablemente menor que el tiempo que necesito para llegar a conclusiones válidas.

–¿Alguna idea?

–De momento, mi intuición me está gritando dos cosas: la primera, que ese DNI es algo importante. Crucial. No se trata de una broma, no es una tontería sin sentido ni una distracción. El asesino se tomó mucho trabajo para realizar esta falsificación. Y quería que no lo pasaseis por alto. El mensaje que os quiere enviar está contenido ahí dentro.

–¿Qué mensaje?

–¡Aún no lo sé! La otra cosa que intuyo es que ese tercer asesinato es el fundamental. Prestadle especial atención.

–Te aseguro –dice Cox en tono seco– que nos tomamos el mismo interés por todas las víctimas.

–No hablo de las víctimas, Eugenio. Si queréis resolver este caso, prestad atención especial al tercer crimen. Con ese DNI falso, vuestro adversario os está dando una pista, seguro. Está diciendo que es diferente de sus otros asesinatos.

Veo cómo Gómez Cox cruza una mirada escéptica con Damián.

–En fin, si eso es todo cuanto puedes ayudarme...

–¡Eh, eh...! Yo no he dicho que eso sea todo.

Vuelvo a centrarme en el falso DNI a nombre de Alonso Manrique.

–Aunque se trate de una falsificación, ¿sabes si el nombre de la víctima coincide con el que figura en el carné?

–No lo sabemos. Yo creo que no, porque el segundo apellido es Finado. Finado, que significa 'muerto' y me suena a broma de asesino. Lo cierto es que todavía no hemos identificado a las víctimas. Solo a la primera, el decapitado, que era un expresidiario cuyas huellas figuraban en la base de datos. De los otros tres, ignoramos su identidad.

–Interesante. Me has dicho que la dirección que figura en el carné es falsa.

–Así es.

–Pero la localidad es real: Medina del Campo, provincia de Valladolid.

–La calle Malpaso no existe en Medina. Ni ninguna otra cuyo nombre se le parezca. Comprobado.

–Y lo mataron de noche.

Gómez Cox carraspea, impaciente.

–¿Es una pregunta?

–Es una afirmación. ¿Estoy en lo cierto?

–Eeeh..., pues sí, el crimen se llevó a cabo de noche. El cuerpo se descubrió a primera hora de la mañana siguiente.

–¿Y murió de un disparo, en el campo, junto a un riachuelo?

Eugenio y Damián cruzan una mirada brevísima, cargada de expectación. La luz de una esperanza pequeñita brilla en las pupilas de Cox.

–Lo cierto es que sí, fue como dices. En el barrio de la Cartuja Baja, junto a campos y huertos. La muerte se produjo por un disparo y el cadáver no apareció exactamente junto a un riachuelo, pero sí en el fondo de una acequia.

–Bueno, una ligera variante. Pese a ese detalle, yo creo que encaja bastante bien.

Eugenio parpadea.

–¿El qué encaja dónde?

Como respuesta, me aclaro la voz antes de recitar:

–«No te fíes de la noche, que la noche es muy gitana. Y al que lo siguen de noche, muerto está por la mañana. Que de noche lo mataron, al caballero. La gala de Medina, la flor de Olmedo». ¿No lo recuerdas, Damián? Tú fuiste hombre de teatro.

Souto enarca una ceja.

En el otro extremo del bar, un vaso cae al suelo haciéndose añicos.

–Me quiere sonar, Fermín, pero... me temo que no tengo tan buena memoria como tú.

–Es el final de un cantarcillo castellano que hace referencia a un crimen auténtico y que le sirvió a Lope de Vega de inspiración para escribir uno de sus dramas más conocidos: *El caballero de Olmedo*; Olmedo que, por cierto, está al lado de Medina del Campo.

Eugenio adelanta la mandíbula, no del todo convencido.

–Bueno, es cierto que parecen existir ciertas coincidencias, pero...

–Ni pero ni Pérez –replico firme–. La conexión es indiscutible.

–¿Por qué?

Sonrío antes de responder. Me encanta hacer esto. Es como cuando, en una comedia, llega esa escena infalible que provoca la carcajada en los espectadores. Dices el chiste y todos ríen. Te sientes fetén.

–¿Por qué? –repito–. Porque el personaje protagonista de *El caballero de Olmedo* se llama, precisamente, Alonso Manrique.

–¿Qué? –exclaman a la vez los dos policías.

–Perdona que te lo diga, Eugenio, pero vuestro asesino en serie no os lo ha podido decir más claro: todas esas muertes tan teatrales apostaría a que, de un modo u otro, tienen que ver con obras de Lope de Vega. ¿Alguien quiere otra caña? ¡Cecilia, cuando puedas...! –exclamo, alzando mi vaso vacío.

Gómez Cox se ha quedado petrificado. Si tengo razón, es el primer paso adelante que da la investigación desde sus inicios. De pronto, se encuentra con el brazo de Souto rodeándole los hombros.

–¿Qué te había dicho? –le susurra Damián, señalándome con un gesto de la cabeza–. Este tío es un fenómeno, no me digas que no.

–Necesitáis a un experto en Lope –le aconsejo.

–Y supongo que ese podrías ser tú.

–¿Yo? No, no, en absoluto. Lo mío era la lingüística, no la literatura. Esto ha sido pura chiripa, te lo aseguro. Después de pasar por la compañía del jefe Souto, estuve unos años colaborando con el Teatro Estable de Zaragoza, y una de las obras que montamos fue, justamente, *El caballero de Olmedo*. Y se me quedó en la memoria el nombre del protagonista. Así de simple.

–¿Quieres decir que ha sido cuestión de suerte?

–La fortuna también cuenta, en ocasiones. Napoleón Bonaparte solía decir: «Quiero generales con suerte».

–No te lo creas –murmura Damián por lo bajo–. Aquí la suerte no ha tenido nada que ver.

El inspector de la comisaría de Montemolín duda todavía durante unos instantes.

–Ya sabes que a los polis no nos gusta pedir la ayuda de aficionados, pero... ¿podrías darme una tarjeta? Por si necesito hacerte alguna consulta adicional.

Ha tenido que costarle un sufrimiento decir eso.

–Lo siento, pero no uso tarjetas de visita –digo, al tiempo que alargo la mano para tomar una servilleta de papel del dispensador con publicidad de Ámbar y escribo en ella unas breves notas.

–¿De dos a tres de la tarde? –pregunta Gómez Cox, sorprendido, tras leerla–. ¿Qué horario de trabajo es ese?

–No es de trabajo. El número es el del restaurante adonde voy a comer cada día. Es el mejor método para localizarme.

–¿No tienes teléfono móvil?

–¿Qué es eso?

* * *

No tardaron mucho los agentes de la comisaría de Montemolín en cerrar el círculo sobre el asesino, que resultó ser –sin ninguna sorpresa por mi parte– un profesor universitario especialista en Lope de Vega, que decidió ejecutar una venganza contra un colega y encubrirla con otros crímenes con cuyas víctimas no guardaba relación alguna.

Hay gente para todo, como decía el torero aquel.

Pero mucho antes de aquello, al día siguiente de mi conversación con Souto y Cox en Bodegas Almau, mientras doy cuenta de unas albóndigas cuya composición seguramente figura en los folletos del Centro Nacional de Toxicología, suena el teléfono de La Comadreja Parda y, al poco, Nemesio se me acerca para señalarme con el pulgar el aparato público del bar, situado al fondo del local, entre las puertas de los dos retretes.

–Preguntan por ti.

–¿En serio? ¿Quién es?

–No lo sé. Yo solo te doy de comer y te permito que utilices el número del bar hasta que salgas de la lista de morosos de la

Compañía Telefónica; pero no soy tu secretaria. Solo me faltaba eso.

–Hombre, Nemesio, ya puestos, podrías hacerme el favor completo. Siempre queda más serio que un detective privado tenga secretaria. No tendrías más que aflautar un poco la voz.

–A ver si te voy a aflautar las narices.

Dejo el plato de albóndigas a medio comer y me acerco hasta el teléfono; limpio la grasa del auricular con una servilleta de papel y me lo acerco a la oreja.

–Diga.

–¿Es el detective Fermín Escartín?

Es la voz de alguien muy joven. Tanto que mi primera reacción es el tuteo.

–El mismo que viste y calza. ¿Qué deseas?

–Querría contratar sus servicios. ¿Podría darme cita, por favor? Lo antes posible.

–Mmm..., sí, claro. ¿Qué tal mañana de dos a tres?

–¿De la madrugada?

–Del mediodía.

–Huy, no. No puedo, lo siento. A esa hora estoy comiendo en casa, con mi padre. ¿No podría ser esta misma tarde? Me corre cierta prisa.

–No sé, no sé... Déjame que mire la agenda... A ver esta tardeeee... Mmm... Esta misma tarde, ¿eh?... Vamos a ver... Mañana, no; esta tarde... Ejem, ejem... ¿Esta tarde, me dices? Mmm... Veamos... Pues mira, sí, podría ser esta tarde. Ahora que lo veo, tengo un hueco.

–¿A qué hora?

–A la hora que quieras. Es un hueco muy grande.

–A las... ¿cinco?

—Perfectamente.

—¿Me da la dirección, por favor?

—Apunta: bar La Comadreja Parda, en la plaza de Santa Marta. No tiene pérdida, pero, si quieres, te doy el código postal.

—Pero... ¿en un bar? Necesito tratar con usted un asunto bastante delicado.

—Precisamente. Se trata de un lugar público y ruidoso, ideal para comentar temas confidenciales sin temor a las escuchas maliciosas. En cambio, tengo la sospecha de que el Mossad ha instalado sofisticados equipos de vigilancia en mi despacho. ¿Sabes lo que es el Mossad?

—Claro: el servicio secreto israelí.

—¡En efecto! Da gusto hablar con gente instruida. He dado parte al seguro para que me limpien el piso de micrófonos, pero el técnico no puede pasarse hasta la semana que viene. Creo que está trabajando a destajo en la sede del Partido Aragonés.

—Está bien. Acudiré a ese bar. Estaré allí a las cinco.

—¿Me das tu nombre?

—Ernesto.

—¿Qué más?

—Gómez. Gómez Silvela.

Zas. Interruptor. Lucecita. Sospecha.

—Gómez, ¿eh? Vaya, vaya... Oye, dime, ¿cómo me has localizado, Ernesto? Es para la ficha de cliente. Que yo recuerde, no salgo en las páginas amarillas.

El chico tarda unos segundos en decidirse a contestar.

—Soy el hijo del inspector Gómez Cox. Pero no le diga nada de esto a mi padre, por favor.

* * *

ERNESTO

Tal como su voz hacía sospechar, Ernesto es un adolescente, bastante guapo, por cierto. Alto y con el cabello de un rubio imposible, estilo George Peppard. Uno de esos que, seguro, causa estragos entre sus compañeras del bachillerato.

En cuanto lo veo entrar y buscar con la mirada a un lado y otro, me levanto del asiento y le hago una seña desde la mesa situada al fondo del bar, justo bajo el televisor.

–Voy a pedirle a Nemesio que suba el volumen de la tele –le digo, tras estrecharnos las manos–. Así nadie podrá oírnos.

–Pero entonces nosotros tampoco nos oiremos. Tendremos que hablar a gritos.

–¡Anda! Pues tienes toda la razón. Bien visto. Mejor no le digo nada.

Se me queda mirando, en silencio. Se me queda mirando con arrobo, como si yo fuera su ídolo de la canción o su jugador de balonmano favorito.

–¿Sabe? Ayer llegó mi padre a casa entusiasmado, tras haber hablado con usted. Dijo que era el tipo más listo con el que se había cruzado en los últimos tiempos. Y mi padre no dice esas cosas a menudo, se lo garantizo.

–Qué amable.

–Dejó sobre la mesita una servilleta de papel con su número y lo consideré..., no sé, una señal. Llevaba dos días muy angustiado y, de repente, como por arte de magia, apareció la solución. La solución era llamarlo a usted.

–Qué bonita historia, Eugenio.

–Ernesto. Eugenio es mi padre.

–¿Eh? ¡Ah! Sí, sí, claro. ¿Qué te apetece tomar?

–Una Coca-Cola.

–¡Nemesio! –vocifero–. ¡Dos Coca-Colas, por favor! ¡Con hielo y limón!

–¡Marchando!

–Y ahora, dime en qué puedo ayudarte. Supongo que tiene que ver con esos dos días de angustia suprema.

Por toda respuesta, Ernesto toma asiento frente a mí y saca de su bolsillo un sobre tipo americano, algo arrugado ya. Lo pone a mi alcance, encima de la mesa. Al abrirlo, descubro el típico mensaje anónimo. Un folio doblado en tres, en el que alguien ha pegado, una por una, letras recortadas de los titulares de algún periódico, hasta componer un breve y críptico mensaje.

–«Dile a Ernesto que se olvide de Lucía o podría correr su misma suerte».

Aliso el folio con la mano, lo leo de nuevo y, acto seguido, me encaro con el muchacho.

–Te escucho.

Antes de hablar, Ernesto toma aire como para echarse a bucear.

–Lo recogí del buzón hace tres días. Está claro que el mensaje no va dirigido a mí, pero, como el sobre estaba en blanco, yo no podía saberlo de antemano, así que lo abrí y lo leí.

–Bien. ¿Se lo has enseñado a tu padre?

–No.

–¿Por qué? Es un poli. Seguro que sabe cómo actuar en casos como este.

Ernesto vacila.

–No lo sé. Parece claro que él es el destinatario del mensaje, porque en casa vivimos los dos solos. Mi madre nos dejó hace casi siete años.

–¿Murió? –pregunto, dispuesto a ofrecerle mi más sentido pésame.

–No, no. Nos dejó, literalmente. Nos dejó tirados y se largó con un cantante de ópera italiano.

Me sorprende el desparpajo del muchacho. La naturalidad con la que habla de una situación que a muchos se les haría dolorosa.

–¿Quién es Lucía? –le pregunto, señalando la palabra en el mensaje.

–Lucía es mi... novia. Bueno... no sé si lo es, realmente. Me gustaría que lo fuera. No sé si me explico. Nos vemos con frecuencia desde hace un par de meses y nos llevamos muy bien. Yo estoy perdidamente enamorado de ella, pero no es seguro que... que ella me corresponda. En fin, ya sabe...

–¿Por qué no se lo preguntas y así sales de dudas?

–¿El qué?

–Si ella también te quiere.

–Ah. Pues..., hombre, no se lo pregunto porque tengo miedo de que me diga que no.

–O sea, que prefieres seguir viviendo en la ignorancia antes que afrontar el riesgo de la felicidad.

–Prefiero seguir manteniendo la esperanza antes que llevarme un chasco.

No puedo evitar sonreír. Ah, el amor. Qué cosa más complicada. Lo ha sido desde los tiempos más remotos y nada parece haber cambiado desde entonces. No sé quién inventó sus reglas, pero, desde luego, cuando lo hizo no tuvo un buen día.

Nemesio nos sirve las consumiciones y Ernesto, de inmediato, se bebe la mitad de su Coca-Cola de un solo trago, hasta que las burbujitas le hacen saltar las lágrimas. Luego suspira profundamente.

–Háblame de ella. De Lucía.

–¿Qué quiere que le diga? –me pregunta, disimulando un eructo.

Me alzo de hombros.

–De momento, necesito sus datos para empezar a investigar. Después, lo que tú quieras. Lo que sea. Todo lo que puedas.

–Vale. Se llama Lucía Gómez Lastanosa.

–Gómez, ¿eh? Igual que tú.

–Sí. Es un apellido corriente.

–Desde luego. Estaba pensando que, si algún día tuvieseis un hijo, se apellidaría Gómez Gómez. Pobrecillo.

–Qué le vamos a hacer. Oiga, ¿no va a tomar notas?

–Tengo buena memoria, no te preocupes por eso. Adelante.

CÓMO CONOCÍ A LUCÍA

No sé si lo hizo a propósito. Tal vez no; pero estoy seguro de que tampoco fue un acto totalmente inocente y perfectamente casual. Lo más probable es que mi padre obrase de modo inconsciente, empujado por el poderoso Destino o por la imprevisible y tiránica Fatalidad aquella tarde, hace unos dos meses, cuando llegó a casa al final de la jornada con un DVD de *El padrino*, la película de Coppola.

Lo dejó sobre nuestro vetusto reproductor Sony y no hizo el más mínimo comentario, lo que me pareció harto sospechoso.

Por la noche, tras la cena, le propuse que la viésemos, a lo que, de forma inexplicable, se negó en un primer momento.

–¿Para qué la has alquilado, entonces?

No supo responderme nada sensato y, finalmente, tras algunas vacilaciones, accedió de mala gana.

Por fortuna, pasados los primeros minutos, se olvidó de sus extraños reparos y me empezó a soltar un verdadero rollo cinéfilo: que si era para mucha gente la mejor película de todos los tiempos, que si Marlon Brando era el actor más grande, que si se había presentado a la prueba ocultando su identidad porque quería conseguir el papel a toda costa cuando ya los directores no se acordaban de él, que si la segunda entrega es aún mejor que la primera, desbaratando la regla general de que segundas partes nunca fueron buenas... En fin, la charlita completa.

Lo pasamos muy bien los dos aquella noche. Él, dándoselas de experto en la materia, destripándome las escenas con antelación, con la excusa de que me fijase en este o aquel detalle; y yo viéndolo contento, algo muy poco habitual desde que mamá se fugó con el italiano.

Cuando terminó la sesión, mi padre se marchó a la cama la mar de satisfecho, mientras yo me quedaba recogiendo las latas de Fanta y el bol con los restos de palomitas de microondas. Tras ello, saqué el disco del reproductor y fui a guardarlo en su funda, que, naturalmente, lucía una pegatina con los datos del videoclub.

Dos detalles me llamaron entonces la atención. El primero, que el videoclub se llamaba Yolanda, como mi madre. El segundo, que estaba en la calle Desolación, situada al final del barrio de las Delicias. Muy lejos de nuestra casa y, literalmente, en la otra punta de la ciudad con respecto a la comisaría de Montemolín, su lugar de trabajo. Vamos, que de ninguna manera habría pasado por allí casualmente.

Me hice el propósito de preguntarle al día siguiente por qué había elegido un establecimiento tan remoto para alquilar *El padrino*. Sin embargo, casi de inmediato se me ocurrió otra idea mejor: me acercaría yo a aquel videoclub y alquilaría la segunda parte. Merecía la pena intentar repetir una velada como la de esa noche. Hacía tiempo que no veía a mi padre de tan buen humor.

De modo que, la tarde siguiente, tomé un autobús en la parada del colegio de los escolapios y me bajé al final de la línea. Luego, caminé durante diez minutos hasta llegar al videoclub Yolanda.

Antes de entrar, me dediqué a pasear durante unos minutos por la acera contraria. Ya había acudido allí con la mosca tras la oreja y quería averiguar cuanto pudiera sobre la enigmática elección de mi padre. No pude evitar la sospecha de que, en realidad, aquel negocio fuese una tapadera. Ya sabe: un pequeño y ruinoso negocio que sobrevive porque en el sótano funciona un laboratorio de anfetaminas o una fábrica clandestina de muñecas Barbie falsificadas.

Nadie entró ni salió durante el cuarto de hora que estuve pateándome la calle Desolación arriba y abajo, como un tontaina. Cuando me percaté de que mi actitud podía considerarse altamente sospechosa, además de ridícula, por cualquier vecino que me estuviese observando desde la ventana, me decidí a seguir adelante con mi plan.

Cuando abrí la puerta, sonaron las primeras notas del tema principal de *La pantera rosa*.

Por supuesto, no había ningún otro cliente en el establecimiento.

Entrar en el videoclub Yolanda fue como atravesar la frontera de una nueva dimensión; como volver de golpe a los años ochenta.

Allí estaba Sean Connery embutido en el traje de James Bond. Esteso y Pajares rodeados de chicas en bikini. *Jo, ¡qué noche!*, el David Cronenberg de *La mosca*, el *Blade Runner* de Ridley

Scott, con Harrison Ford aparentando ser un buen actor, las primeras obras de un joven director llamado Steven Spielberg... Los insoportables superhéroes aún no habían invadido las pantallas. Tan solo el primer Supermán y el Batman de Tim Burton. Se respiraba un ambiente deliciosamente anacrónico. Sí, esa es la palabra: anacrónico. Era como si aquel local hubiese entrado en hibernación quince o veinte años atrás. No solo los carteles publicitarios, también los colores de los expositores y del mostrador eran ochenteros, directos, puros, inocentes. Y no se trataba de una imagen prefabricada, no, no... Aquel túnel del tiempo era real. El videoclub Yolanda no había sufrido reforma alguna desde el tiempo de su ya remota inauguración. Posiblemente, el único cambio palpable había sido el inevitable paso de las cintas VHS a los discos DVD.

En todo ello radicaba su poderoso encanto.

ELLA

Y entonces, de la trastienda, como una *madonna* renacentista, salió ella y me dejó turulato.

Dulce, misteriosa, frágil, adorable...

Hasta ese momento, yo no sabía lo que era un flechazo. O sea, sí tenía una idea teórica sobre las condiciones y las características del enamoramiento súbito, pero jamás lo había vivido en persona, en mis propias carnes.

Lucía me miró y me cortó la respiración.

Me miró y rompí a sudar como un condenado a galeras.

Me miró y decidí que quería pasar con ella el resto de mi existencia.

Me miró y supe, sin ningún género de duda, que era la mujer de mi vida y que toda felicidad me iba a estar vedada lejos de su compañía.

–Hola. ¿Qué deseas?

Estuve a punto de contestar: «te deseo a ti como no he deseado a ninguna otra chica en toda mi vida». Sin embargo, en lugar de soltar semejante cursilada, me limité a alzar mi DVD de *El padrino* en la mano izquierda.

–Venía a devolver esto y a alquilar la segunda parte. Si la tienes, claro.

–Ajá. Sí, creo que sí. Voy a buscarla.

Me dio la espalda y se encaminó hacia el fondo del local por el largo pasillo entre dos expositores: a un lado, *westerns*; al otro, musicales.

La miré alejarse, esperando un caminar felino, de caderas cimbreantes. Chasco absoluto. La nueva mujer de mi vida se movía con una extraña torpeza. Entonces aún no sabía que, tras un terrible accidente de tráfico, había necesitado recientemente aprender de nuevo a andar.

Crucé con Lucía frases que no recuerdo. Le sonreí sin más motivo que mi convicción de que tengo una sonrisa bastante seductora. Estaba embelesado por su presencia, lo reconozco. Por fin, tras deshojar una enorme margarita de opciones cinematográficas con el único propósito de prolongar mi conversación con ella, me decidí por mi apuesta inicial: *El padrino, segunda parte.*

–Serán tres euros por el cambio, Eugenio –me dijo, tras consultar una tarjeta de cartulina.

–Me llamo Ernesto. Eugenio es mi padre. Él es el socio del videoclub, no yo.

–Ah, ya. Claro, por eso me aparece su nombre en la ficha. No hay problema. Ernesto, entonces.

–Ajá.

–Yo soy Lucía. Por cierto, veo que compartimos apellido.

–¡Qué casualidad! Mucho gusto en conocerte, Lucía Gómez.

Le tendí un billete de cinco y nuestras manos se rozaron cuando me lo cogió. Y también cuando me entregó el cambio y el DVD. Y, con cada uno de esos mínimos contactos, yo sentía que se me erizaba la piel de la espalda y me crujían las vértebras lumbares. También me temblaba la mandíbula y me sudaban las orejas. Vamos, el repertorio completo.

Ella tuvo que darse cuenta de mi desazón y me miró como ninguna dependienta del mundo miraría a ningún cliente, a no ser que padeciera serios problemas visuales o pretendiera ligar con él. Tenía una mirada que no se podía soportar. Mi tiempo se acababa y decidí tirarme a la piscina.

–Oye, quizá te parezca atrevido, pero… ¿puedo invitarte al cine?

Tras un segundo de estupefacción, Lucía estalló en carcajadas.

–Creo que no. Ya veo demasiadas películas por obligación, trabajando aquí.

Reí con ella, para ganar tiempo.

–Eeeh, ¿y al teatro? –se me ocurrió sobre la marcha–. Els Joglars actúan en el Principal. Cumplen cuarenta años y han recuperado varias obras antiguas. Hoy echan *Ubú president*.

Era mi último cartucho. Si no funcionaba, me daría por vencido. Sin embargo, fue a ella a quien noté a punto de caramelo. A punto de decir que sí.

–¿Me lo puedo pensar? –fue su cauta respuesta.

–Claro. Aunque no mucho: la función empieza a las ocho y media. Toma nota de mi teléfono y llámame si te decides.

Cuando salí de la tienda, me fijé en el horario, colgado de una ventosa adherida al interior del cristal de la puerta. Apenas faltaban dos horas y media para cerrar, así que me dije: ¿por qué no esperarla?

A las ocho en punto, después de que solo hubieran entrado un par de clientes en todo ese tiempo, se apagaron las luces y, al poco, salió Lucía acompañada de una mujer con todo el aspecto de ser la Yolanda que daba nombre al videoclub. Con todo el aspecto también de ser su madre.

–¿Qué? ¿Ya te lo has pensado?

–¿Qué haces aquí? –me preguntó, a su vez, en un tono de falso desconcierto.

–He calculado que, si me llamabas a la hora del cierre, no sería posible venir a buscarte y acudir a tiempo al teatro. En cambio, si ya te has decidido y salimos hacia allí ahora mismo, aún podemos llegar antes de que empiece la función.

Las dos mujeres se habían quedado un tanto perplejas con mis explicaciones.

–¿Y este quién es? –preguntó entonces Yolanda.

–Es uno de nuestros clientes.

–Ah, ¿sí? Pues será muy reciente, porque no lo recuerdo de visitas anteriores.

–En realidad, el cliente es su padre. Don Eugenio Gómez.

No soy detective todavía, aunque me gustaría serlo, pero noté claramente cómo la sonrisa de Yolanda se le congelaba en la cara mientras me miraba de arriba abajo.

Ajena a aquella reacción de su madre, Lucía frunció los labios.

–¿Te importaría mucho cenar sola esta noche, mamá?

La respuesta tardó en llegar un poquito más de lo normal.

–Claro que no, hija. Estuve seis años cenando sola a diario. Anda, ve y diviértete. Divertíos. Pero no vuelvas muy tarde a casa, por favor.

–La acompañaré hasta el portal en cuanto termine la función –le prometí.

Llegamos al teatro Principal por los pelos, cuando ya los acomodadores estaban cerrando las cortinas de las puertas de acceso al patio de butacas, pero, en el momento en que se alzó el telón, allí estábamos los dos, sentados en nuestras respectivas butacas. Cogidos de la mano.

La función nos pareció muy divertida y, al terminar, compramos unas empanadillas argentinas, que nos comimos de camino a su casa, que, curiosamente, no estaba en absoluto cerca del videoclub.

Y, a partir de ahí, hemos salido juntos unas cuantas veces.

GRATIS TOTAL

Tras concluir su relato, Ernesto se me queda mirando con expresión inocente.

–¿Seguro que no prefiere tomar unas cuantas notas, señor Escartín?

–Tengo una buena libreta mental, no te preocupes. Anda, respóndeme a algunas preguntas. Para completar mi… informe preliminar.

–Sí, adelante.

–Ya me ha quedado claro que no quieres contarle nada de esto a tu padre.

–Así es.

–¿Y eso por qué?

El muchacho se alza de hombros.

–No lo sé. Simplemente, preferiría no hacerlo.

–¡Mira! Como el personaje de Melville[9].

–Cuando pienso en contárselo a mi padre, me envuelve una sensación de..., no sé, de incomodidad. Como si hubiese una poderosa razón para ocultárselo que no logro identificar. ¿A usted no le ha ocurrido nunca?

–Montones de veces. Y, como eres mi cliente, no me queda otra que cumplir tus condiciones; así que nada de hablar de esto con tu padre, que sería mi principal fuente de información.

–Lo siento.

–Qué le vamos a hacer. Gajes del oficio. Y la otra cosa es: ¿sabes a qué se refiere el autor del anónimo cuando habla de que podrías correr la misma suerte que Lucía?

Ernesto vacila.

–No estoy seguro. Solo se me ocurre que tenga que ver con el accidente que la llevó al hospital. Me lo contó hace unos días.

Tomo una nueva nota mental. Con letras mayúsculas, en esta ocasión.

–¿Qué clase de accidente?

–Un coche la atropelló mientras iba en bicicleta a su primer día en la universidad. El conductor se dio a la fuga. Nunca lo pillaron.

–Bueno, que no lo hayan pillado aún no significa que no lo vayan a hacer. Seguro que la investigación sigue en marcha.

---

9. Una referencia al famoso relato breve de Herman Melville *Bartleby, el escribiente*. De nada.

–Lo dudo mucho, señor Escartín. Han pasado casi siete años. Ocurrió en mil novecientos noventa y cinco.

A veces, me sorprendo. Cuando me sorprendo, suelo parpadear. Que, por cierto, parpadeo de modo muy profesional. El caso es que ahora, al escuchar a Ernesto, parpadeo varias veces. Incluso entreabro la boca como un tonto.

–¿Siete años? ¡Pero...! Has dicho que le habían dado el alta pocas semanas antes de conocerla, que aún está recuperándose, que todavía no camina del todo bien...

–Sí, así es.

–Entonces, tuvo que sufrir terribles lesiones para haber estado hospitalizada tantísimo tiempo.

Ernesto baja la mirada, retrasando su respuesta.

–En realidad, sufrió solo un par de fracturas, pero... al caer al suelo, se golpeó la cabeza contra un bordillo y quedó en estado de coma. Los médicos no tenían demasiadas esperanzas de que se recuperase. Sin embargo, inesperadamente, despertó el pasado mes de enero. El día de San Sebastián, en concreto.

No puedo evitar un escalofrío.

–¿Me estás diciendo... que Lucía ha pasado seis años en coma? –pregunto, solo para que Ernesto asienta con la cabeza.

–Setenta y cinco meses –precisa.

–Pero... ¿qué edad tiene ahora, entonces? ¿Veinticuatro?

–En efecto, veinticuatro. ¿Cómo lo sabe?

–Hombre, es la deducción más fácil del mundo. Has dicho que la atropellaron cuando iba a su primer día de universidad. Si cursó estudios con normalidad, debería tener entonces diecisiete. Más los seis años y pico que ha pasado en coma y los siete meses transcurridos desde que despertó..., la cuenta es fácil. Tan fácil como calcular la diferencia de edad contigo.

–Si atendemos solo al carné de identidad, Lucía es mucho mayor que yo, cierto; pero, en realidad, su vida se detuvo durante seis años; es como si siguiese teniendo diecisiete. Por lo tanto, somos, aproximadamente, de la misma edad. No solo eso: además, sus recuerdos más recientes son del siglo pasado. Sus últimas canciones del verano fueron *El venao* y *Macarena*.

–Y *María*, de Ricky Martin.

–También. No conoce a Juanes ni a Amaral ni a El Canto del Loco. Y de Enrique Iglesias solo le suena *Experiencia religiosa*. Es bonito estar a su lado y explicarle cómo ha cambiado todo. Es como mostrarle tu propia ciudad a un recién llegado. Supongo que eso contribuye a que yo la encuentre tan adorable.

Sigo tomando notas en mi libreta mental. Repaso las páginas anteriores.

–Hace siete años que la atropellaron. Y me has dicho antes que también hace siete años que tu madre se fue de casa.

Ernesto afila la mirada.

–Sí, así es. Pero no veo qué relación pueda tener una cosa con la otra. Una mera coincidencia.

Sonrío ante semejante ingenuidad.

–Tal vez. Pero tengo por costumbre desconfiar siempre de las coincidencias. ¿Has conocido a su padre?

–¿Al de Lucía? No. Por lo visto, murió mientras ella estaba en coma. Dice que ni siquiera lo recuerda. Sufre ciertos problemas de memoria. Al despertar, no recordaba gran cosa de su vida anterior. Va recordando, pero muy poco a poco.

–Qué terrible.

Ernesto me mira con expresión indescifrable. Estoy ya seguro de que es mucho más listo de lo que aparenta y se ha dado cuenta de lo que pretendo insinuarle.

—¿Puede ayudarme o no, detective? —me pregunta, de repente.

—Verás, Ernesto... Al menos para mí, ponerme a investigar sin más, a ver qué me encuentro, me resulta no solo aburrido, sino también inútil. Necesito desarrollar una teoría previa para tratar de avanzar en ella, como el que se propone alcanzar un objetivo. Por fin, aunque mi hipótesis de partida no sea acertada, la investigación nos llevará inevitablemente a descubrir la verdad, por un camino u otro. ¿Me explico?

—Se explica como un libro cerrado, señor Escartín. No entiendo nada. ¿Adónde quiere llegar? ¿Qué está intentando decirme? ¿De veras tiene que elaborar una teoría antes de ponerse a investigar? ¿Cuánto tiempo le llevará eso?

—En realidad, ya la tengo.

Noto cómo Ernesto se sorprende y traga saliva.

—Ah, qué bien. ¿Me la puede contar?

—Preferiría no hacerlo.

—¡Caramba! ¿Usted también ha sido lector de Melville? ¿Y por qué preferiría no contármela?

—Porque no te va a gustar.

—Vaaaya por Dios.

No puedo evitar sonreír ante el tono de mi cliente.

—Pero, hombre, Ernesto, no te pongas cáustico conmigo. A mí no me engañas. Estoy seguro de que tú también tienes ya una teoría. Tal vez la misma que yo. Una teoría que no te gusta en absoluto; y esa es la razón por la que tú, un adolescente hijo de un policía, has acudido a mí, un detective privado. Quieres que sea yo quien confirme las sospechas que no te atreves a plantearle a tu padre.

El muchacho se queda serio. Permanece en silencio, inquieto como un perrito de las praderas.

—En efecto, es usted un tipo listo, señor Escartín. Y, ya que hablamos de esto, dígame: ¿cuánto me va a costar contar con sus servicios?

—Mis tarifas normales son bastante altas —miento—, pero has tenido la suerte de que estoy en plena oferta veraniega. Para nuevos clientes, el primer caso es gratuito. Ya sabes, como cuando te apuntas al gimnasio fuera de temporada: la matrícula, gratis.

Ernesto no parece convencido. Apura su Coca-Cola.

—¿En serio no me va a cobrar nada? Tengo unos ahorros. Podría pagarle.

Estoy a punto de cambiar de opinión, pero, no sin cierto dolor de corazón, me mantengo firme.

—Además de que estamos en época de rebajas, eres el hijo de un amigo de Damián Souto, de manera que no se hable más. Y, ya que he mencionado a Souto, y puesto que no quieres que tu padre se entere de nada, estaba pensando recurrir a él para que me consiga información. ¿Te parece?

—Cómo no. Usted es el profesional. ¿Cuándo cree que sabrá algo?

—Dame un par de días, a ver qué puedo averiguar.

ODIO

A veces, odio mi trabajo.

En casos como este, sobre todo.

Salgo de La Comadreja Parda, tras el encuentro con Ernesto, convencido de que mi teoría es acertada y de que confirmarla solo puede provocar sufrimiento.

La gente, por lo general, no acude a los detectives para conocer la verdad oculta. Acuden a nosotros con la vana esperanza de descubrir que sus temores son infundados. Por desgracia, casi nunca lo son. En la mayor parte de las ocasiones, hacer bien mi trabajo significa proporcionar a mis clientes la prueba irrefutable de que su pareja los engaña, de que su socio los traiciona, de que sus hijos son unos mentecatos, cuando no unos indeseables. Quien dice los hijos, dice los padres o los hermanos o los amigos o cualquiera.

Como soy de la opinión de que los malos tragos cuanto antes se pasan es mejor, esta misma tarde llamo a Damián Souto. Quedamos en vernos al día siguiente en el bar Supremo, detrás del edificio de los juzgados, aprovechando que él tiene que testificar en una pericial.

Nos damos el habitual abrazo, pedimos sendos cafés solos cortos, sin azúcar, y paso a explicarle la situación, que escucha con silencioso interés. Se lo cuento todo, punto por punto, y noto cómo su asombro va creciendo.

Al terminar, se cruza de brazos.

–Un asunto peculiar para el que supongo que ya tendrás una hipótesis –comenta–. Porque, si no recuerdo mal, a ti te gusta trabajar con hipótesis, ¿verdad?

–Verdad.

–Y ¿cuál es tu teoría para este caso?

–Que Ernesto y Lucía son hermanos y, por tanto, su relación es imposible.

Souto casi se tira el café por encima.

–¿Cómo dices? ¿De dónde has sacado semejante conclusión?

–De los propios hechos, Damián. No sé, a mí me parece muy evidente. Hace siete años, Lucía Gómez sufrió un accidente que la dejó en estado de coma. Y poco después, Yolanda Silvela, la mujer de Cox, se largó de casa con un cantante de ópera italiano.

–Correcto. ¿Y...?

—Hombre, yo creo que está clarísimo: a raíz del accidente de Lucía, la mujer de Gómez Cox descubrió que su marido mantenía una relación secreta con otra mujer, de la que incluso tenía una hija, y eso es lo que provocó su separación. Posiblemente, la relación de la madre de Ernesto con el tenor italiano ya viniese de lejos, pero esa fue la circunstancia que la llevó a dejar a su familia y marcharse con él.

—¡Por Dios, Fermín! ¡Eso no tiene ni pies ni cabeza...!

—Déjame terminar. Seis años más tarde, la chica sale del coma con graves problemas de memoria y, tras unos meses de rehabilitación, recibe el alta y empieza a trabajar en el videoclub de su madre, que, por cierto, también se llama Yolanda.

—¡Hombre! Que las dos mujeres se llamen Yolanda es la prueba definitiva de que Eugenio es un bígamo, ¿no?

—Eso tal vez sí sea mera casualidad.

—¡Vaya, menos mal!

—El caso es que tu colega comienza a ir de vez en cuando a visitar a su hija, que no lo recuerda, haciéndose pasar por uno de los clientes del videoclub. Y eso propicia que Ernesto descubra el negocio, se presente allí y se enamore de Lucía al primer vistazo, sin sospechar, claro, que se trata de su mediohermana. Cuando Yolanda Lastanosa se entera de quién es el nuevo pretendiente de su hija, se horroriza y no se le ocurre otra cosa que dejar un anónimo en el buzón de Eugenio, confiando en que así él se verá obligado a contarle la verdad a su hijo. Caso resuelto.

Miro a Damián, que, a su vez, me contempla con espanto mayúsculo.

—Te has vuelto loco, Fermín. Lo que me acabas de contar es el guion de uno de esos culebrones venezolanos que echan en Telecinco.

—A veces, la vida supera en ingenio a los guionistas de culebrones. ¿Acaso mi teoría no encaja a la perfección con todo lo que ya sabemos?

—¡Sí, claro! Y un par de adoquines encajan de maravilla en una caja de zapatos; pero lo normal es que una caja de zapatos contenga zapatos, y no adoquines.

—¡Qué bonito ejemplo, Damián! No sé si es muy apropiado, pero es muy bonito.

—Me alegro de que te lo parezca. Y ahora, dime..., ¿qué pinto yo en todo esto? ¿Para qué me has llamado, aparte de para obligarme a escuchar tus desvaríos?

—Para que me ayudes a comprobar mi teoría. No puedo interpelar directamente a Gómez Cox porque su hijo me lo ha prohibido, así que estaría bien recurrir a otras fuentes.

—¿Por ejemplo?

—¿Podrías conseguirme información sobre ese accidente que Lucía sufrió hace siete años? Si es cierto que el conductor huyó sin dejar rastro, seguro que se abriría una investigación policial.

Souto apura su café y, luego, hace rechinar los dientes.

—De acuerdo. Sigo pensando que es un camino que no lleva a ningún sitio, pero... lo intentaré.

—Pronto, a ser posible.

Vuelve a suspirar, mostrando ademanes de santo Job. Creo que empieza a estar de mí hasta las mismísimas narices. Sin embargo, desde allí mismo, sin perder más tiempo, llama al inspector Germán Bareta, compañero de Gómez Cox en la comisaría de Montemolín.

—¿Germán? Souto, Damián Souto, ¿qué tal estás?... Me alegro. Oye, verás, necesitaría el expediente de un atropello ocurrido hace seis o siete años. Te llamo a ti porque podría tener relación con Gómez Cox. La víctima se llama...

Me mira, pidiéndome la filiación.

—Lucía Gómez Lastanosa —le susurro, vocalizando como un actor británico.

Sin embargo, Damián no llega a repetir el nombre. De inmediato, se le dibuja en el rostro una soberbia expresión de pasmo y sorpresa.

—Sí, eso es, esa misma... Ah... Sí, sí, sí... No me digas que...

De repente, se levanta de la silla y continúa hablando mientras se aleja de mí en dirección a la calle, al tiempo que alza la mano libre en un gesto que me indica que ni le interrumpa ni lo siga ni trate de escuchar su conversación.

Durante un par de minutos, desde la mesa que ocupábamos ambos en el café, puedo ver a Damián caminando sin rumbo calle arriba, calle abajo, mientras atiende a la conversación telefónica, en la que claramente escucha más que habla.

Por fin, cuelga el aparato y me mira a través del cristal del escaparate. Parece inquieto. Entra y se sienta de nuevo frente a mí.

—¿Qué ocurre, jefe?

—No lo sé, pero aquí pasa algo raro. Acabo de hablar con Bareta y ha sido desconcertante. Para empezar, se acordaba a la perfección del atropello de esa chica. El nombre, las circunstancias... No ha dudado ni un momento.

—¿Y qué?

—¿Tú recuerdas con detalle los casos que resolviste hace siete años?

—Por supuesto.

—¡Pues yo no! Y te aseguro que Bareta tampoco, salvo que se trate de algo fuera de lo habitual. Total, que le he preguntado si me podía pasar el expediente de aquella investigación y me ha dicho que no. Que tendré que pedírselo directamente a la comisaria Beltenebros.

—¡Qué extraño!

—Y tanto. He intentado presionarlo recurriendo al compañerismo, pero ha sido inútil; y ha justificado su negativa con un dato que no teníamos: el atropello de esa chica no fue un accidente.

Toma sorpresa.

—¿Quieres decir que fue intencionado?

—Así es. Y un atropello intencionado significa, casi siempre...

—Intento de asesinato.

—Ni más ni menos.

Siento como si la garra metálica de un pequeño robot asesino se me clavase en el estómago y comenzase a apretar lentamente.

—¿Conoces a Sibila Beltenebros?

Damián tuerce el gesto.

—Apenas. Nos presentaron hace tiempo y hemos coincidido en un par de actos oficiales. Nada más. Sin embargo, Bareta me ha asegurado que, tratándose de un asunto que afecta a uno de los hombres bajo su mando, nos atenderá de inmediato. Que pasemos por la comisaría a lo largo de esta misma mañana.

Casi no puedo creer mi suerte.

—¿En serio? ¿A qué esperamos, entonces? ¡Vamos allá!

Salgo a toda prisa del Supremo, para que Souto tenga que pagar los cafés. Luego, en su coche K, rápidos pero sin conectar la sirena, nos dirigimos a la comisaría de Montemolín.

* * *

BELTENEBROS

Sibila Beltenebros es una mujer de algo más que mediana edad, rubia de bote, grande como un camionero australiano y que viste como la dueña de una pensión de Budapest.

Tras hacernos esperar menos de diez minutos, aparece como un ciclón en la sala de inspectores de su comisaría, donde Germán Bareta nos había recluido con la excusa de invitarnos al peor café de máquina que he probado en mi vida.

—¡Detective Escartín! —clama la comisaria nada más entrar, tendiéndome la mano—. He oído hablar mucho de usted. Y de sus éxitos.

—Gracias, comisaria. Es un placer conocerla, aunque debo admitir que mis éxitos detectivescos son como los fuegos artificiales: brillantes, pero efímeros.

—Y compruebo que no habla usted como el resto de sus colegas.

—¿Cómo hablan mis colegas?

—Mal.

—Le pido disculpas, entonces, en nombre de todos ellos.

Sonríe, pero es de esas personas a las que sonreír no les favorece en absoluto.

—Germán me ha puesto al tanto de la conversación que ha mantenido hace un rato con el inspector Souto. Al parecer, hace unos días apareció un mensaje anónimo en el buzón del inspector Gómez Cox.

—Así es. Lo recogió Ernesto, su hijo —digo, mostrándole el papel, que la comisaria examina con detenimiento, sentada sobre el canto de una de las mesas—. El inspector Cox no sabe nada del tema. Su hijo se lo ha ocultado y ha solicitado mi ayuda.

–Conozco a Ernesto. Tiene casi la misma edad que mi hijo Mario. Y me parece un chico excelente.

–Soy de la misma opinión: un gran chaval.

Beltenebros parece meditar cada una de sus palabras.

–¿Hasta dónde ha avanzado en su investigación, señor Escartín?

–Oh, apenas nada, comisaria. Aún no hace ni veinticuatro horas que Ernesto pidió mi ayuda.

–Pero Fermín ya ha elaborado una..., ¡ejem!, curiosa hipótesis de trabajo –interviene el jefe Souto.

La comisaria clava en mí su mirada, sin pronunciar palabra. Es la orden más enérgica que recuerdo haber recibido en mi vida.

–Bueno..., por ahora, no es más que eso: una hipótesis. Su punto más relevante es que, en el momento del atropello de Lucía, el inspector Gómez Cox mantendría una relación extramatrimonial con la madre de la chica. No solo eso: el inspector sería el padre de la muchacha. De ahí, sus apellidos: Gómez Lastanosa. De forma inesperada, Ernesto y Lucía parece que están viviendo un romance, pero, claro, si yo estoy en lo cierto, esa relación sería...

–Sería un amor imposible –concluye la comisaria–. Bien. Vamos todos a mi despacho –ordena a continuación.

UN ERROR

–Cometimos un error –reconoce Beltenebros, tras sentarse en su sillón reclinable–. Varios errores encadenados, en realidad. Hace unos siete años, iniciamos una investigación sobre varios robos de automóviles de alta gama que desembocó en algo mucho más complejo, cuando descubrimos que una organización criminal estaba en el centro de todo el tinglado. Puse a Eugenio Gómez Cox al cargo de un grupo de investigación en el que también estaban Bareta, Torres y otros dos agentes. Cuando los malos empezaron a sentirse en nuestro punto de mira, trataron de presionar a Eugenio amenazando de muerte a su familia. Sin embargo, el Grupo Central Operativo interceptó esas amenazas. Optamos por ocultárselas al inspector Cox y diseñamos un dispositivo de vigilancia y protección para su mujer y su hijo. Por desgracia, entonces desconocíamos que Eugenio tenía una segunda familia.

—¿Cómo podíamos imaginarlo? —comenta Bareta, abriendo los brazos—. Incluso hoy en día me parece inconcebible que alguien como él tuviese dos esposas... ¡al mismo tiempo! ¡Jamás lo habría imaginado!

—Y, sin embargo, los malos estaban al tanto de todo y enviaron a un sicario a acabar con la vida de Lucía, que no contaba con nuestra protección. Un error que nunca me perdonaré. Por supuesto, aquello supuso un cataclismo en la vida del inspector Cox. Hasta entonces, con la coartada de que la vida de un policía está llena de investigaciones, guardias y vigilancias, había logrado ocultar la existencia de la otra a cada una de sus dos mujeres. Pero el atentado contra Lucía destapó la situación. Yolanda Silvela, la madre de Ernesto y su esposa oficial, se largó de casa a las pocas semanas con un tenor italiano. Yolanda Lastanosa, la madre de Lucía, con la que nunca llegó a casarse, también rompió con él.

—A partir de ahí, Eugenio se volvió un tipo insoportable —recuerda Germán Bareta—. El típico policía depresivo que nadie quiere como compañero. Solo unos pocos sabemos la verdad: lo que desbarató a Cox no fue que sus dos mujeres lo abandonasen al mismo tiempo, sino la terrible situación en la que quedó su hija. Durante años, acudió varias veces por semana a visitarla..., hasta que perdió la esperanza de que despertase algún día.

–Ni siquiera los médicos confiaban en ello.

–Y, sin embargo, ocurrió. El pasado enero, Lucía volvió a la vida.

Aprovechando la pausa, recupero el anónimo de manos de la comisaria.

–Me pregunto si existe la posibilidad de que este mensaje provenga de aquella misma organización criminal que ustedes investigaban hace siete años.

–Desde luego que no –niega Beltenebros con rotundidad–. Con el intento de asesinato de Lucía consiguieron que el inspector Cox se derrumbase, y nos llevó un tiempo recomponer el grupo de investigación que él dirigía; pero dos años más tarde, todos los miembros de aquella banda estaban en la cárcel y ahí siguen. Incluido el sicario que atropelló a Lucía. En su caso, cumpliendo condena por intento de asesinato.

–Por cierto, ella aún piensa que su atropello fue un accidente, que el conductor huyó y nunca ha sido detenido.

La información suscita poca sorpresa entre los policías. Esta vez es Damián quien interviene.

–Tengo entendido que la chica despertó con problemas de memoria. Su situación mental seguro que es delicada. Supongo que su madre consideró preferible contarle esa historia a decirle la verdad.

–Y ya que hablamos de la madre, todo indica que el detective Escartín tiene razón y fue ella la autora del anónimo.

–Una manera de actuar bastante extraña –valora Damián.

–Bueno, ignoro cuál es la relación actual del inspector Cox con Yolanda Lastanosa. En todo caso, parece que ella escogió un extraño método para endosarle a él la responsabilidad de contarle a su hijo que Lucía y él son mediohermanos.

Tras mis palabras, un silencio petrificante se adueña del despacho de la comisaria. Y es ella, pasados unos larguísimos segundos, la que rompe el hechizo levantando el auricular de su teléfono.

–Margarita, ¿sabes si está por aquí el inspector Gómez Cox? Localízalo y dile que se presente de inmediato en mi despacho, por favor.

No han pasado ni tres minutos cuando oímos llamar con los nudillos a la puerta. De inmediato, Eugenio abre y, al descubrirnos allí, parece quedarse clavado al suelo. Como congelado. Nos mira, uno por uno.

–Buenos días, comisaria. Germán..., Souto... Vaya, el detective Escartín, también... ¡Ejem...! ¿Ocurre algo grave?

–Según se mire, Eugenio.

–La verdad, me están entrando ganas de salir corriendo.

–De eso, nada. Pasa y siéntate –le ordena Beltenebros.

LA VERDAD

Eugenio Gómez Cox escucha con la boca entreabierta y la mirada perdida todo cuanto la comisaria Beltenebros tiene que contarle. Se va sorprendiendo más y más conforme crece la información que desconocía: la llegada a su buzón del amenazante anónimo, la decisión de Ernesto de contratar mis servicios como detective y, sobre todo, descubrir que su hijo está enamorado hasta los tendones de su mediohermana.

Finalizando el relato, el inspector se lleva las manos a las mejillas y permanece en esa posición hasta que su jefa da por concluido su relato.

–Madre mía... –son sus primeras palabras–. ¿Cómo es posible? Durante más de diez años conseguí ocultarles a ambas la existencia de la otra. Y, ahora, resulta que mis hijos se han enamorado el uno del otro. Es lo último que habría podido imaginar.

–La puñetera vida siempre haciendo de las suyas –murmura Damián Souto.

–Tienes que contárselo a Ernesto –dice entonces la comisaria Beltenebros–. Tiene derecho a conocer la verdad de inmediato. Cuanto antes se haga a la idea de que su amor por Lucía es imposible, mejor que mejor.

Gómez Cox frunce entonces el ceño.

–¿Por qué decís que es un amor imposible? ¿Porque son hermanos?

–Naturalmente.

–Pero... es que no lo son.

Souto, Bareta, Beltenebros y yo alzamos las cejas hasta el nacimiento del pelo.

–¿Cómo que no? ¿Acaso no son los dos hijos tuyos?

–Lo son, pero no comparten ni un trocito de ADN. Lucía es mi hija natural, pero Ernesto es adoptado. Yolanda y yo lo trajimos de Rusia siendo un bebé, después de cuatro años intentando que ella se quedase embarazada. Lo cierto es que Ernesto es más ruso que Yuri Gagarin. Así que... no veo impedimento para que Lucía y él puedan quererse como dos personas cualesquiera. De hecho, me encantaría que ocurriese.

Las palabras de Eugenio nos dejan atónitos, pero, a la vez, aliviados. En medio de todo aquel despropósito, el amor se las ha arreglado para salir triunfante, y eso es algo que gusta a todo el mundo.

—¿Él sabe que es adoptado?

Eugenio traga saliva.

—Todavía no.

—¡Cómo es posible!

—Sé que tendría que habérselo dicho hace tiempo, pero lo he ido retrasando una y otra vez. Nunca me parecía un buen momento. Últimamente me había propuesto decírselo cuando cumpliera los dieciocho. Ya falta poco.

EN SUEÑOS

Un rato después, Eugenio Gómez Cox y yo abandonamos el edificio de la comisaría para dirigirnos a su casa. Tras la presión a la que lo hemos sometido, ha acabado por claudicar. Acaba de tomar la decisión de contarle a su hijo toda la verdad y quiere que yo lo acompañe a la hora de hacerlo. Por supuesto, he accedido. A fin de cuentas, Ernesto es mi cliente y me siento obligado a exponerle el resultado de mi investigación. Sobre todo cuando, por una vez, las noticias son relativamente buenas.

No sé cómo se tomará saber que su padre fue, durante muchos años, hombre de dos mujeres; pero seguro que lo alegra saber que no tiene más obstáculo para amar a Lucía que conseguir convencerla de que son el uno para el otro.

Montamos en el coche patrulla sin distintivos policiales, un Ford Focus, y ponemos rumbo a su casa. Al llegar al paseo de

Echegaray, una larga avenida que recorre la margen derecha del Ebro, decido romper el silencio que hemos mantenido hasta entonces. Lo hago solo para matar una curiosidad.

–¿Por qué dos Yolandas? ¿Fue mera casualidad que tus dos mujeres se llamasen de la misma forma?

Gómez Cox me responde sin apartar la vista del tráfico.

–Claro que no. Mira, te voy a dar un consejo gratuito: si alguna vez tienes la pésima idea de liarte con dos mujeres a la vez, al menos procura que se llamen igual. Así evitarás dirigirte a la una con el nombre de la otra por despiste. Incluso aunque hables en sueños.

No sé si lo dice en serio o en broma. Por si acaso, sonrío por compromiso.

«Valiente imbécil», pienso.

UNA VIDA IMPROBABLE (2042)

BENIDORM

Creo que han sido unos estupendos días de vacaciones: sol, playa, sol, paseos en pedalo, sol, partidas de bingo, sol, toneladas de protector solar, más sol, toneladas de *aftersun*... ¡Bueno, bueno...! El hotel, de primera. Hotel Solymar. Marysol. Playasol. Playamar. Playisol. Soliplay. Algo así. La habitación, estupenda, con su cama y todo. Muy alta. En el piso..., no sé, veintidós o treinta y nueve. Muy muy alta. Muy alta la habitación, no la cama, que era normal, a ver si alguien va a creer que nos ponen en literas. No, no; de eso, nada. Yo no he dormido en litera desde que fui a la mili... La cama, a la altura del suelo, como cualquier civil. Las excursiones, maravillosas. Todos con nuestra bolsita de los bocadillos, nuestra pera y nuestra botellica de agua. Los sitios, preciosos. Los camareros, amabilísimos. Los autobuses, comodísimos. Todo estupendo.

De veras, esto de los viajes del INSERSO es la leche en bote; cada año que pasa, más divertido. Te reencuentras con viejos amigos, salvo los que se han muerto desde la última vez, que son reemplazados por otros, igual de viejos, igual de lelos, pero con el entusiasmo intacto.

Y, encima, este verano no ha habido ningún secuestro ni asesinato, que es algo que a los detectives nos ocurre muy a menudo cuando estamos de vacaciones y es una lata, porque uno se apunta a estos viajes para descansar, no para seguir resolviendo crímenes gratis.

Este año creo que ha sido especialmente tranquilo. No ha desaparecido ni el gato. No han robado ni una dentadura postiza. Nadie ha matado ni a una mosca.

Digo «creo» porque, la verdad, no me acuerdo de casi nada.

Qué pena. Con la memoria tan buena que yo tenía, que hasta podía dibujarme en el éter una libreta mental y apuntar cosas allí para consultarlas luego; y hoy en día no me acuerdo ni de lo que he comido en el almuerzo. No me acuerdo ni del nombre del pueblo donde he estado estos días de vacaciones...

—¡Benidorm!

Me sobresalto al escuchar a mi compañero de asiento.

—¡Aaah! ¿Quién es usted?

—Soy Amador, Fermín. He sido tu compañero de cuarto todos estos días.

—Ah... Y ¿cómo ha podido usted leer mis pensamientos?

—Porque estás pensando en voz alta. Y el pueblo donde hemos estado se llama Benidorm.

—¿Benidorm? Benidorm. Benidorm. Vaya, qué curioso nombre. Y muy fácil de recordar: Ven y *dorm*. Ven y duerme. Benidorm.

—Sí, eso dices siempre, pero enseguida se te olvida.

—No, hombre, cómo se me va a olvidar. Benidorm. Benidorm. ¿Y usted se llama...?

—Amador.

—¿Amadorm? Vaya, qué curioso nombre. ¿Y también va a Benidorm, Amadorm?

—No, Fermín. No vamos a Benidorm. Hemos estado allí ocho días, pero ahora volvemos a Zaragoza. Al charco.

—Ah, sí, sí... Claro, ya de vuelta. Yo vivo en Zaragoza, qué casualidad.

—Sí, lo sé. En el Tubo.

—¿Y usted dónde vive, señor...?

—Amador. Vivo en Montemolín.

—Montemolín. Me suena mucho. ¿Dónde está? ¿En Italia?

—Es un barrio de Zaragoza. Me dijiste que era el de tu madre.

Las palabras de este amable desconocido me provocan un nudo en la garganta que me obliga a desviar la mirada y mirar por la ventanilla cuando caigo en la cuenta de que no recuerdo a mi madre. Su imagen ha desaparecido de mi memoria definitivamente. Sé que murió cuando yo era un muchacho, pero es ahora cuando compruebo que se me ha borrado su rostro por completo. Ya no puedo recordar su sonrisa, si es que la tenía; ni su voz, tampoco. Nada en absoluto.

Al menos, sí recuerdo a mi padre.

—¿Cuánto falta para llegar a Zaragoza?

—Una hora o así. Aún no hemos pasado por Teruel, pero estos trenes van como una bala.

—Entonces, voy a intentar dormir un poco. ¿Me despertará si me duermo?

—Claro que sí. ¿Te bajas en Delicias o en Goya?

—No sé.

—Si vas a casa, al Tubo, mejor en la estación de Goya. Allí mismo coges el tranvía y te bajas en la plaza de España.

—Ah, sí, sí, es verdad... Gracias, amigo Benidorm.

—Amadorm.

—Eso.

RATAS

Reclino el respaldo de la butaca y consigo maldormir el resto del trayecto. Tengo algunos extraños sueños, cercanos a pesadillas. Sueño con ratas, miles de ratas que surgen como un torrente de un agujero en el suelo y se lanzan sobre mí y comienzan a devorarme vivo. Está conmigo Damián Souto, y también a él se lo están merendando, las muy asquerosas. No entiendo nada, aunque intuyo que no es un sueño sin más, sino que obedece a algo lejano y cierto. Un asunto del pasado[10].

Despierto un instante, agitado, cuando una de las ratas me muerde el ojo derecho. Mi compañero de asiento me palmea el brazo.

—Tranquilo, Fermín. No escandalices. Es tan solo un sueño.

Vuelvo a caer, casi de inmediato, en un sopor agitado donde aparece mi padre. A él sí lo recuerdo con nitidez, sobre todo porque tengo la incómoda sensación de que, conforme pasa el tiempo, nos parecemos más y más. Llevo grabado de modo indeleble, entre mis cada vez más escasos recuerdos, su rostro antes de morir. Sé que, cuando me mire al espejo y vea la cara de mi padre, habrá llegado mi hora.

En el sueño aparece también una mujer de mediana edad, de aspecto agradable, sobre la que tengo dos certezas: que se llama

---

10. En efecto: ver *La tuneladora*, en esta misma colección.

Elisa Lobo y que se gana la vida matando gente por encargo. Una asesina a sueldo que se ha cruzado en mi vida al menos una vez, quizá dos o tres, y por la que siento un afecto especial, aunque no soy capaz de hilvanar un acontecimiento concreto sobre ella[11].

En mi sueño, Elisa me toma por el mentón y me sacude la cabeza enérgicamente, de lado a lado. Alza la mano y parece que me vaya a abofetear. Pero no.

–¡Eh, Fermín!

–¡Ay! ¿Qué...? ¿Qué pasa?

–Han anunciado ya la estación de Goya. Tienes que bajarte.

–Ah, sí, sí... Gracias. Gracias, amigo...

–Amador.

–¡Eso! Amador Benidorm. ¿Usted no se apea aquí, Amador?

–No. Yo sigo hasta Miraflores, que me viene mejor. Espero que volvamos a vernos el año que viene, Fermín. ¡Y no te olvides la maleta!

–¿Maleta?

–La de color azul –me aclara Benidorm, señalando el portabultos sobre nuestras cabezas–. Recuerda: de aquí, al tranvía. Te bajas en plaza de España y a casa directo. Sin entrar en El Plata, ¿eh? ¡Ja, ja, ja!

–Sí, claro –respondo, riendo, aunque no entiendo la broma.

Me ayuda a bajar la maleta. No es muy grande, pero pesa como un demonio. Por suerte, la condenada maleta tiene ruedas, el suelo del tren es completamente plano y las puertas se abren a ras del andén.

---

11. Elisa Lobo aparece en *El asunto Galindo*, *El último muerto* y *Escartín en Lima*.

CAMINO A CASA

Asciendo lentamente por una escalera mecánica, siguiendo a los pocos viajeros que han bajado aquí del Intercity.

Y, al salir a la calle, miro a mi alrededor.

No sé dónde estoy. No reconozco nada.

Oigo entonces la campana de un tranvía sonando a mi espalda. Me vuelvo y algunas cosas parecen encajar, por fin.

Sí, ya entiendo: he debido de salir de la estación por la puerta equivocada y no conseguía orientarme. Ahora sí. Veo la parada del tranvía, voy hasta ella y pregunto en qué sentido debo tomarlo para llegar a la plaza de España.

—Aquí mismo, en esta marquesina —me dice una mujer que mece convulsivamente un carrito de bebé—. ¿Es usted de fuera?

—Eeeh…, sí, de Amadorm.

—¿Dónde está eso?

—Cerca de Benidorm.

Tras esperar un par de minutos, me subo en el primer tranvía que llega. Lo hago sin billete, porque intentar sacarlo en las máquinas expendedoras solo está al alcance de ingenieros aeronáuticos y diplomados en Informática. Por suerte, no aparece ningún revisor durante mi trayecto. Son solo tres paradas.

Al apearme en la plaza de España, descubro con alivio que el paisaje urbano me resulta familiar. Posiblemente sea capaz de llegar a mi casa sin preguntarle a un guardia.

¡Ajá! Sé que es por ahí, por esa calle estrecha y peatonal que en algún momento del pasado incluso supe cómo se llamaba, pero que ahora solo es una calle estrecha y peatonal que desemboca en otra, perpendicular, aún más estrecha, donde destaca la fachada de un cabaret llamado El Plata. Me suena mucho, pero no sé por qué. Echo al aire una moneda para decidir si giro a la derecha o a la izquierda. Vale: izquierda. Y ahora, tirando de intuición, giro por la primera a la derecha. Calle de la Libertad, leo en un rótulo de cerámica. Qué bonito. La libertad. Cada vez más protegido por el entorno, vuelvo a girar por la primera a la derecha. Es difícil avanzar por estas calles tan estrechas con tanto turista, tanta mesita de bar, tanto taburete alto.

–Perdón. ¿Me permiten pasar?

–Claro que sí, hombre. Pero ¿dónde va usted con esa maleta, abuelo?

Me vuelvo y fulmino al petimetre.

–A mí no me llaman abuelo ni mis nietos.

–¡Vaya! ¿Y cuántos nietos tiene usted?

–Ninguno. Por eso digo que no me llaman abuelo ni mis nietos. Mucho menos, tú, imbécil. Y quita de en medio, que esta es mi calle.

El tipo pretende estamparme en la cabeza la jarra de cerveza que se estaba bebiendo, pero sus amigos lo detienen a tiempo, entre carcajadas.

Ya llego a casa. Creo. No quiero mirar la dirección en la tarjeta que cuelga del asa de la maleta. Sé que es aquí: calle de los Estébanes; aunque dudo frente a una triple opción: número 9, 9 duplicado o 9 triplicado. Decido tirar por el camino del medio: 9 duplicado. Saco las llaves del bolsillo. Son cuatro. Las estudio con detenimiento. Por fin, me decido por una de agujeritos, con la cabeza de plástico marrón; la meto con decisión en la cerradura del portal. Entra fácil. Giro y abro. Sí. ¡Sí! ¡A la primera! ¡Chúpate esa, doctor Alzheimer!

Feliz por mi éxito, subo lentamente los escalones. Veintiséis en total, en dos tramos de trece. La condenada maleta pesa como una caja fuerte rellena de plomo.

Por fin, sudoroso y falto de aliento, me planto ante la puerta de mi piso. De nuevo, elijo llave. Pruebo y no abre. Pruebo con otra y tampoco. Pruebo con todas las del manojo, pero no hay manera. ¿Me habré equivocado de puerta? ¿De planta? Pero si solo hay dos. Dos plantas con dos puertas en cada planta. Y esta es la mía, seguro. Ahí enfrente vive Virgilio. No: vivía. El pobre Virgilio murió. Apareció colgado por el cuello en el desván hace..., ¡uf!, la tira de años. Luego, vino aquí a vivir su hermano Horacio, que también murió, tiempo atrás. Ah, cuántos crucigramas resolvimos a medias... Ahora ya no sé quién vive, porque pasan por el piso gentes diversas que no se quedan mucho tiempo. De lo que sí estoy seguro es de que esta es la puerta de mi casa, y no consigo abrirla, maldita sea...

–¿Papá?

Vaya, encima ahora sube alguien por la escalera dando voces.

–¡Papá! ¿Cuándo has llegado?

Me giro. Es una mujer morena, de mediana edad, atractiva, y a la que no recuerdo haber visto jamás. Aprovechando que me he quedado petrificado, se acerca a mí con expresión de alivio, me da un corto abrazo y un beso en la mejilla.

No acaba ahí la cosa.

Detrás de la mujer desconocida que me llama papá, aparece un chaval rubio al que le calculo doce o trece años, pecoso, de ojos claros y mirada alborozada. Se abalanza sobre mí, me abraza y me sacude como a una coctelera.

–¡Abuelo! –exclama–. ¿Dónde te habías metido? Hemos ido a buscarte a la estación y no has bajado del tren.

Por supuesto, el muchacho me resulta tan desconocido como la mujer.

Trago saliva, procurando no descomponer el gesto.

–Pues claro que me he bajado del tren. Estoy aquí, ¿no?

–Pero ¿cómo has llegado? ¿En taxi?

–En tranvía.

–¡Madre mía, en tranvía! ¿Estás loco? O sea, que te has bajado en la estación de Goya. ¡Tenías que haber bajado en Delicias, papá! Quedamos en que iríamos a esperarte allí.

–No... no recuerdo nada de eso.

Por supuesto, tampoco los recuerdo a ellos.

–Bueno, es igual, abuelo. El caso es que ya estás aquí, sano y salvo.

–Aunque nadie lo diría, con esa cara de susto. ¿Te ocurre algo, papá?

Que si me ocurre algo, pregunta la mujer esta. Que si me ocurre algo...

–Pues que no... no consigo abrir la puerta.

–Ah, no, claro. Verás: hemos tenido que cambiar la cerradura, porque el botarate de tu nieto perdió las llaves y, claro, como podían haber caído en manos de cualquier criminal, decidimos llamar al cerrajero. Ahora te daré copia de la nueva llave. Venga, vamos adentro.

ÓSKAR CON KA

La mujer abre la puerta de mi casa. De mi casa. Mi casa. Mi.

Entramos y... sí, es mi casa, aunque, por alguna razón, no me parece exactamente la misma. Debe de ser porque todo está limpio, ordenado, impecable. Incluso huele a ambientador de pino.

–Vamos a tu cuarto a deshacer la maleta. Traerás ropa para lavar, supongo, porque el INSERSO no incluye el servicio de lavandería del hotel.

Mi dormitorio, así, al primer vistazo, sí parece el de siempre, salvo porque la cama está hecha. Yo hago la cama muy de vez en cuando y de forma bastante descuidada, cuando decido cambiar las sábanas. Lo hago en períodos muy variables.

La mujer pone la maleta sobre la cama y abre la tapa. Empieza a sacar prendas. Las mira, las huele una por una y las va separando en dos montones, en un ritual que se me antoja de lo más obsceno.

Mientras ella se ocupa de eso, yo lanzo una mirada minuciosa por la habitación. Una mirada de detective. Mis libros, mis cuadernos, mis pequeñas cosas, mis adornos. Mis recuerdos, que ya no me recuerdan casi nada. De pronto, la sombra de una sospecha me lleva hacia la mesita de trabajo. Abro el cajón central y, en contra de lo que esperaba, allí están mis dos posesiones personales más preciadas: el reloj Longines de pulsera que perteneció a mi padre y la estilográfica Montblanc Octavian que compré tras mi primer éxito como detective y que, curiosamente, me llevó de forma inesperada hacia el que fue mi segundo caso importante[12].

Comprobar que allí siguen, junto con mi grapadora, mi pegamento de barra, mis lapiceros del 2B y mi sacapuntas de dos calibres, además de otros objetos queridísimos, me deja mucho más tranquilo. En cambio, me desconcierta hasta la perplejidad

---

12. Ver *Amsterdam Solitaire*, en esta misma colección.

contemplar la fotografía enmarcada que reposa sobre mi mesilla de noche. En la imagen, bajo una sombrilla multicolor plantada en primera línea de una playa mediterránea, sonríen tres bronceados personajes; en apariencia, henchidos de felicidad.

Uno de ellos soy yo, con un aspecto cercano al que veo cada día al mirarme en el espejo. Quizá ligeramente más joven. La segunda figura…, me falta el aire al admitirlo, pero no me cabe duda de que se trata de Lorena. Sí, Lorena. Lorena Mendilicueta, mi exmujer, a la que hace…, no sé, quizá treinta años que no veo y que, hasta donde yo sé, debería continuar en la cárcel[13]. Está mucho mayor de como la recuerdo, pero sin duda es ella. En medio de nosotros dos, un niño de unos siete u ocho años, rubio y pecoso, que hasta el peor fisonomista del mundo identificaría con ese preadolescente que se empeña en llamarme abuelo y que ahora deambula por la habitación de al lado.

Sin poder evitarlo, tomo el portarretratos en la mano y me lo aproximo a los ojos, hasta mi mejor distancia de enfoque, tratando de establecer si no me engaña la vista.

La señora que dice ser mi hija me mira por encima del hombro, con toda mi ropa sucia entre los brazos.

—¿De cuándo es esta foto? —le pregunto.

—¿No te acuerdas? Es de hace… seis años. El verano del treinta y siete. Yo estaba con los trámites de mi divorcio en Finlandia y os envié a Óskar para que pasase las vacaciones con mamá y contigo. Fuisteis a Salou. Él dice que fue el mejor verano de su vida.

—Ha vivido pocos veranos todavía. Los tendrá mejores.

—Seguro que sí, pero, de momento, es su verano favorito.

---

13. Ver *El último muerto*, en esta misma colección.

—De modo que se llama Óscar.

La mujer suspira largamente.

—Sí, papá. Óskar. Óskar, con ka. Aunque él lo escribe con ce desde que llegó a España.

—¿Y tú?

—¿Cómo escribo Óskar?

—No. Cómo te llamas.

La mujer compone un gesto de amargura antes de contestar.

—Elisa, papá. Me llamo Elisa. Me lo pusiste tú, porque siempre ha sido tu nombre favorito.

—Ah, vale.

Me sostiene una mirada triste y cansada.

—Voy a poner una lavadora con todo esto —anuncia, de repente, con la voz velada.

Cuando Elisa, o como se llame, sale de mi cuarto, inicio una revisión más detallada. Retiro a un lado la mesa de trabajo y paso la mano y la vista por la superficie de la pared. La han pintado hace poco y, aunque es casi imperceptible, descubro un agujerito minúsculo. El agujerito que dejaría el pequeño clavo de un cuelgacuadros y que la capa de pintura no ha llegado a cerrar del todo.

Tras colocarla de nuevo en su sitio, abro el resto de los cajones de la mesa. En el segundo de la izquierda descubro un buen montón de cartas y tarjetas postales, con idílicos paisajes escandinavos, dirigidas a mi nombre y dirección. En algunas de ellas figura también el nombre de Lorena. La remitente es siempre Elisa Hotti. Supongo que era el apellido del marido. Exmarido. La localidad de origen es Turku, Finlandia. ¡Finlandia, nada menos! Las fechas varían entre hace seis y hace más de veinte años.

128

Leo por encima algunas de ellas. Típicas cartas de una hija única a sus padres lejanos: las más antiguas, rebosantes de ilusión por una vida nueva. Más adelante otras, cargadas de felicidad conyugal que, poco a poco, con el paso del tiempo, se va enturbiando.

Entre carta y carta, sin avisar, llega el ocaso.

—Abuelo, a cenar —dice el chico, asomando la cabeza por el hueco de la puerta.

—No me llames abuelo.

—¿Ahora prefieres que te llame yayo?

—Ni hablar. No quiero que me llames ni yayo ni abuelo, porque yo no soy tu abuelo. Yo no tengo nietos.

—Ajá.

—¿Cómo que «ajá»?

—Mamá ya me ha advertido de que, cuando me digas esas cosas, no te lo tenga en cuenta, porque estás mal de la cabeza.

—Al contrario, deberías hacerme mucho caso. Mucho. A mí, que soy un señor viejo, sensato y honrado. Tu madre es una estafadora.

—De acuerdo. Ahora, vamos a cenar.

—Vamos.

Un último vistazo. Es mi cuarto, sí, pero...

Salgo y veo que, sobre la mesa de la cocina, hay tres cubiertos preparados.

—¿Dónde me siento?

—En tu sitio de siempre, papá.

—No tengo sitio de siempre, porque nunca ceno en la cocina. Ceno en el sofá, viendo las noticias.

La mujer suspira hondo.

—Ponte donde quieras.

–¿Qué hay para cenar? –pregunto, mientras me acomodo de espaldas al fregadero.

–Croquetas.

–No me gustan las croquetas.

–Las mías, sí.

Me pone delante una fuente llena de croquetas. Con total desconfianza, cojo una con la mano y me como la mitad de un bocado.

–Pues tienes razón. Están muy ricas.

–Gracias.

La mujer y el chaval se sientan y se sirven croquetas. Como guarnición hay una ensalada de tomatitos cherry, aguacate, queso fresco y aceitunas negras que no está nada mal. A mí nunca se me habría ocurrido semejante mezcla.

Tras un par de minutos de silencio, decido que ya es suficiente.

–¿Cuándo habéis pintado mi dormitorio?

Elisa carraspea antes de responder.

–Hace tres años.

–¡Venga ya! La pintura aún está fresca.

–No digas bobadas. Cuando Óskar y yo nos instalamos aquí, mandé pintar la casa entera, que estaba hecha un asco –insiste ella impertérrita.

–Tres años, ¿eh? Y... ¿dónde está mi diploma?

–¡Dónde va a estar! Donde siempre: colgado de la pared.

–No hablo de mi título universitario. Hablo del diploma de detective. El de la academia CEAC.

La mujer cierra los ojos un momento. Quizá esté contando hasta diez.

–Por favor, papá. ¿Es que vamos a empezar otra vez con eso? Creía que ya lo habíamos dejado claro.

–¿El qué?

Me mira a los ojos. Con intensidad. Tiene una bonita mirada.

–No has sido un famoso detective. No lo has sido. ¡No! Fuiste un simple profesor universitario.

–Lo fui durante algún tiempo, al principio, pero...

–Lo fuiste durante toda tu vida, papá. Facultad de Letras, Departamento de Lingüística. Podrías haber llegado a catedrático, pero le montaste un pollo a un tipo importante cuando tú aún no eras nadie y eso arruinó tu carrera. Al final, te jubilaste de adjunto hace unos quince años.

Tengo que ordenar los datos en mi cabeza. Algunos van y vienen. Otros, tienen visos de realidad.

– ¡Cierto, sí, señora! Le monté un pollo a Malumbres, porque no sabía ni utilizar correctamente el subjuntivo. Después de aquello, dejé la universidad y me dediqué a la investigación privada.

–Papá...

Me pongo en pie y señalo a la mujer con un dedo amenazante.

–Escúchame bien, seas quien seas: puede que me falle la memoria, que no sea capaz de recordar qué día es hoy o el nombre del pueblo donde he estado de vacaciones. ¡Pero me acuerdo perfectamente de la vida que he tenido! Fui detective privado durante más de treinta años y recuerdo todos mis casos importantes: el asunto Galindo, el robo de la estilográfica más cara del mundo, la desaparición del ingeniero Olmedo..., ¡todos ellos! Los recuerdo con detalle: personas, lugares... Lo tengo todo aquí –clamo, señalándome la frente–. También recuerdo cuando Lorena salió por esa puerta con una maleta en cada mano. Sé que no he tenido hijos ni, mucho menos, nietos. ¡A mí no me la das, impostora!

La mujer afila la mirada. Creo que he conseguido que se enfade. ¡Ah, no! He conseguido que los ojos se le llenen de lágrimas. Es buena actriz. De pronto, se levanta con tanto ímpetu que está a punto de tirar la silla. Sale de la cocina hecha una triste furia. El chico y yo cruzamos una mirada huidiza que él acompaña con un gesto traducible por «Te has pasado de la raya». La verdad es que tiene gracia, el chaval.

Enseguida regresa Elisa con cinco libros de tapas negras que deposita con violencia sobre la mesa.

—¡Aquí tienes tu maldita vida de detective! —clama, con la voz rota, antes de salir de nuevo, conteniendo un puchero y mascullando—: No puedo más.

—¿Qué diantres es esto? —Óscar se acaba de meter una croqueta entera en la boca y hace ademán de responder a mi pregunta. Lo detengo con un gesto—. Primero, traga. No hables con la boca llena, que es de mala educación.

El chico obedece y mastica con parsimonia su croqueta.

—Son las novelas del detective Escartín —dice después—. Mamá cree que desde que las leíste se te fue la olla; que te pasó como a don Quijote de la Mancha. Ahora, crees que lo que se cuenta en esos libros ha sido tu auténtica vida. Pero no es verdad, es una vida inventada por un escritor.

—¡Y ella qué sabrá! Se supone que, durante todos esos años, estaba viviendo en Islandia.

—En Finlandia.

—¡Vale! ¡Finlandia!

Miro los libros uno por uno.

—Estos dos me suenan vagamente. Quizá los leí en su día.

—*El asunto Galindo* es el primero. Y *El último muerto* es el que más me gusta de toda la serie.

Miro al muchacho con sorpresa.

–¡Vaya! ¿Te los has leído todos? ¿No es mucho tomate para tu edad?

–Naaa… En el instituto, el profe de Lengua nos obligó a leer el curso pasado *La tuneladora*, que es el más cortito y…, bueno, yo decidí leerme todos los demás. Es lo que tienen las series: una vez que conoces al protagonista, si te cae bien, es fácil engancharse. Por cierto, el profesor nos dijo que a lo mejor venía el autor a clase, a darnos una charla. Finalmente, no pudo ser. Por lo visto, es un hombre ya muy mayor y no anda bien de salud. Bueno, eso nos dijo. El caso es que me quedé sin conocerlo.

Miro de nuevo la portada de los libros, uno por uno.

–Fernando Lalana. Fernando. Fernando… Eh, espera…, yo sí lo conozco. Nos vimos una vez, hace muchos años, en Tarragona.

Óscar se sonríe.

–Os habéis visto dos veces. Primero, en Tarragona. Después, en Lima, la capital del Perú. Se cuenta en *Escartín en Lima* –dice el chico, alargándome la más gorda de las cinco novelas.

–Oh… vaya. Ahora que lo dices, creo que tienes razón.

–La que tiene razón es mamá: no hay nada que tú recuerdes de tu vida como detective que no aparezca en alguno de estos libros.

Intento enarcar una ceja, pero no lo consigo.

–Y eso lo sabes porque…

–Porque hace unos meses, cuando terminé de leerme la serie completa de Escartín y la tenía aún fresca en la memoria, te pedí que me contases recuerdos de tu vida, anécdotas, situaciones, personas a las que conociste, los lugares a los que has viajado…

–¿Y?

Óscar mueve la cabeza.

–Todo está aquí. No pudiste contarme nada que yo no supiera ya, después de haberlos leído.

La afirmación de Óscar me suena como un reto personal.

–De modo que... sabes que conocí en persona al propietario de la fábrica de estilográficas Odermann.

–Claro que lo sé. Se cuenta en *Amsterdam Solitaire*, la segunda novela de Escartín.

–Tiempo después, pasé una semana en Venecia, acompañado por una chica guapísima.

–Es el final de *La tuneladora*.

–¿Y que estuvieron a punto de crear una ciudad de casinos, como Las Vegas, en pleno desierto de Los Monegros?

–Se iba a llamar Grand Póker. Es el eje central de *El último muerto*.

Cruzo los brazos y miro al chico.

–Ya veo que tienes todas las respuestas.

–Así es, abuelo. No me negarás que resulta sospechoso.

Por supuesto que resulta sospechoso, aunque me guardo mucho de admitirlo ante Óscar. A mi edad, estadísticamente, ya debería estar muerto. Estoy viviendo en tiempo de descuento y transito por territorio desconocido. Alcanzado este punto, las reglas habituales de la vida ya no sirven. Aparece el deterioro y nada es como antes. Nada es como esperas que sea. En cierto modo, resulta aterrador; pero, en alguna medida, también estimulante. No digo que tuviese curiosidad por saber cómo es olvidar a quienes te rodean, olvidar tu ciudad, olvidar tu existencia, desconfiar de tus recuerdos. Imagino que cada caso es diferente, que cada persona lo vive de un modo propio. El mío, al parecer, consiste en sustituir la memoria de toda una vida por el contenido de cinco novelas protagonizadas por un detective de ficción que se llama como yo. ¿Una desgracia? Según se mire. Desde luego, prefiero pensar que he sido un famoso investigador privado antes que un aburrido profesor universitario. Solo lamento haberme perdido la infancia de Óscar, que ha tenido que ser un niño muy divertido.

Abro los brazos de par en par. Cambio de estrategia.

–Lo admito: tu madre podría tener razón. Tal vez exista otra explicación, pero lo más probable es que yo, haya perdido la cabeza por alguna variante poco común del maldito alzhéimer.

Mi supuesto nieto se mete en la boca la última croqueta de su plato. La mastica cuidadosamente y traga. Entonces, habla de nuevo.

–Eso se llama «la navaja de Ockham», ¿verdad?

–¿De qué hablas?

–Lo dice el detective Escartín en alguna de sus novelas: en igualdad de condiciones, la explicación más sencilla suele ser la correcta.

–¡Ah, eso! También se llama «principio de parsimonia». Lo explicaban en el cursillo de detective por correspondencia de la academia CEAC.

De inmediato, el chico me mira con interés.

–Ese cursillo que, en realidad, se supone que nunca realizaste en la vida real.

–En efecto. Aunque… si no estudié aquel cursillo, ¿dónde aprendí lo del principio de parsimonia?

Óscar frunce el ceño. Se sirve agua en su vaso y la bebe lentamente. Está ganando tiempo. Está pensando. Me gusta.

–La navaja de Ockham no siempre se cumple. En ocasiones, la verdad no se esconde tras la solución más sencilla, sino tras la más extraña, complicada y desconcertante.

No está hablando conmigo. Habla consigo mismo.

–¿En qué estás pensando?

–En que, en la explicación de mi madre, hay alguna cosilla que no me termina de encajar. Por ejemplo: ¿cómo es que el detective Escartín se llama igual que tú y vive en esta misma casa? No puede tratarse de una mera coincidencia.

Me encanta este chico.

–Desde luego que no. Una solución fácil: quizá el autor de esos libros y yo nos conociéramos desde hace mucho tiempo y, cuando escribió las novelas, decidiera ponerle mi nombre a su personaje.

–La primera es de mil novecientos noventa y ocho –comprueba Óscar, consultando la portadilla de *El asunto Galindo*–. ¿Crees que Lalana y tú ya os conocíais hace cuarenta y cuatro años? ¿Recuerdas que te pidiera permiso para usar tu nombre?

Niego rotundamente.

–Como bien sabes, nos conocimos mucho más tarde, en el hotel Imperial Tarraco, de Tarragona. Allí nos vimos por primera vez. Vamos, que yo recuerde.

–Correcto. Y *Escartín en Lima* es la última novela de la serie, la más reciente. No cuadra. O sea, que tenemos un desajuste que habría que intentar resolver.

–¿Cómo lo hacemos?

–Hablando con el escritor, por supuesto. En la nota biográfica dice que vive aquí, en Zaragoza, en nuestro mismo barrio. Será fácil localizarlo.

Óscar me mira y sonríe. Tiene chispa.

–¿Sabes? Si yo fuera un investigador privado, que por lo visto no lo soy, y tuviera un nieto, que estoy seguro de no tenerlo, me encantaría que ese nieto fueras tú.

—Y tú, aunque te olvides de mí cada día, me caes mejor que mi otro abuelo, el vikingo.

—Me alegro. Nunca te fíes de alguien que lleva sobre la cabeza un casco con cuernos.

ÁLBUM FAMILIAR

Tras la cena, Elisa parece haber superado el sofocón lo suficiente como para volver a su anterior actitud de hija paciente y comprensiva. Me pide que me siente en el sofá y ella lo hace junto a mí, tras haber sacado del cajón inferior de la cómoda algo que solo la gente de edad provecta somos capaces de reconocer al primer vistazo: un álbum de fotos. Hablo de fotos de verdad, de papel.

—¿Sabes que vuelven a estar de moda las fotos clásicas y los álbumes de hojas autoadhesivas?

—No, no lo sabía. De hecho, no sabía que habían pasado de moda.

—Las tengo todas digitalizadas, pero si te las enseño en forma de holograma cuántico, seguro que desconfías. Podrías pensar que están amañadas.

—¿Crees que las de papel no se pueden trucar? No seas ingenua. Eso se ha hecho desde la invención del daguerrotipo.

—¿Daguerroqué?

—Nada. Una cosa antigua. Más antigua que yo, que ya es decir.

Las primeras fotos del álbum son en blanco y negro, fechadas a mediados del siglo pasado. Imágenes de un bebé recién nacido en brazos de sus sonrientes padres. El bebé soy yo, y los padres, son los míos.

–¿De dónde las has sacado? Las recuerdo de mi infancia. Mi madre las guardaba en una caja de zapatos, y, muy de cuando en cuando, nos las mostraba. Hace décadas que no las veía.

–Me las dio mamá. A ella se las pasó la tía Agustina.

–¿Quién?

–Tu hermana.

–Mi hermana... ¿menor?

–Mayor.

–¡Huy! Casi, casi. De modo que tengo una hermana. ¡Bien!

–Tenías. Murió un año antes que mamá.

–Vaya por Dios. Por lo visto, no me queda ni el tato.

–Te quedamos nosotros. Óskar y yo.

–¡Ay, es verdad! ¿Cómo he podido olvidarlo?

Elisa pasa la hoja del álbum. En las siguientes fotos aparezco de niño. Un crío más bien feúcho y escuchimizado. Hay una imagen de estudio, coloreada a mano, donde aparezco vestido con camisa de rayitas y pantalón corto, con peto. Parezco un pequeño tirolés al que le faltan algunos dientes de leche.

La despego del álbum y la contemplo de cerca, muy detenidamente. Por fin, de forma descuidada, le doy la vuelta. En el dorso, difuminado por el tiempo, pero aún bastante visible, distingo la marca de un sello de caucho de color morado con el emblema de Foto Estudio Ramón y la fecha 13 de abril de 1965. Suspiro, fingiendo sentirme emocionado, aunque, en realidad, estoy tratando de hallar algún detalle que me confirme que se trata de una falsificación. No doy con ello.

–Me acuerdo del estudio de Ramón. Era amigo de mi padre.

–El abuelo Martín.

–Exacto. Martín Escartín. Yo parecía condenado a llamarme igual, pero, como nací un 7 de julio, me pusieron Fermín.

Sigo recordando las fotografías del álbum. Después de algunas donde aparezco como un desgarbado adolescente, llegan las primeras correspondientes a Lorena, interpretando papeles protagonistas en el grupo de teatro donde nos conocimos, dirigido por Damián Souto. Más tarde, juntos los dos, ya de novios. Un par de ellas en las que me veo haciendo la mili, vistiendo el uniforme de los regulares de Melilla. Y, a continuación, las de nuestra boda.

Todo bien, hasta ahí. Nunca fui amigo de guardar imágenes de mi vida en otro soporte que no fuera la propia memoria, pensando que eso duraría siempre. O que cuando me fallase la cabeza –como parece que ha empezado a ocurrir– de nada servirían el papel fotográfico, las pantallas, la nube, la IA o los multiversos cuánticos, porque todo se iría a la porra a la vez y por el mismo desagüe. Como casi siempre, la realidad es un poquito más complicada de lo esperado.

Paso la siguiente página del álbum y me adentro en territorio desconocido.

Lorena y yo, aparentemente felices, posando en lugares donde no recuerdo haber estado nunca, ni solo ni acompañado: Santorini, Petra, Machu Picchu, el cañón del Colorado... Reconozco los sitios por los documentales de La 2, pero nunca he estado en ellos. Y, sin embargo, ahí me veo, tomando de la mano a mi exmujer, como si nuestra vida hubiese sido otra.

La cosa se complica diez años más tarde. Lorena sigue casi igual, salvo el pelo, más corto y con mechas, pero a mí se me nota ya el paso del tiempo: he ganado peso y luzco algunas canas. Estamos en la sala de maternidad de un hospital.

–¿Esta eres tú? –le pregunto a la impostora, señalando al bebé que Lorena sostiene en sus brazos.

–Sí. En efecto. Soy yo. ¿Lo recuerdas?

—Claro que lo recuerdo —miento—. El día más feliz de mi vida.

—¡Eso es un tópico, papá!

—No desprecies los tópicos. También cumplen con su cometido.

Siguen imágenes en las que se ve creciendo a Elisa, siempre sonriente. Tras alguna foto de adolescente, donde está realmente guapa, se abre un vacío de muchos años. La siguiente página ya está dedicada a su boda con un rubio de aspecto algo blandengue para mi gusto, celebrada en una iglesia enorme y de lo más austera.

—La catedral de Turku —me indica Elisa—. Como son luteranos, no ponen en sus templos figuras ni cuadros ni retablos ni nada de eso.

—Eso que se ahorran. De modo que he estado en Turku, ¿eh?

—Solo aquella vez. Nunca quisiste volver. Ni siquiera cuando nació Óskar. Decías que el viaje te daba mucha pereza. Mamá sí vino entonces y un par de veces más.

Una historia imposible que, sin embargo, parecen corroboran algunas fotos en las que se ve a Lorena, Elisa y el rubio devorando salmón a la brasa en un paraje idílico-nevado-forestal. Junto a ellos, un bebé abrigadísimo en un cochecito todoterreno.

La última parte del álbum son fotos recientes, en las que me veo con un aspecto muy cercano al actual. Las dos últimas me producen un escalofrío. Ambas están tomadas en esta misma habitación, ante un enorme árbol de Navidad. En la primera aparecemos Lorena, Elisa, Óscar y yo. En la segunda, falta Lorena.

—La última Navidad con mamá: la del treinta y ocho. Y, por fin, esta es del diciembre pasado. La voy cambiando cada año. Pensaba seguir haciéndolo...

—Hasta que me muera, ¿no?

–Esa es la idea, sí. Aunque vete a saber, a lo mejor me muero yo antes y te tienes que quedar al cuidado de Óskar.

–No me fastidies. ¿Cómo voy a cuidar de un adolescente? Que se lo lleve su padre a Lituania.

–Finlandia.

–Donde sea.

–No le harías esa faena, ¿verdad? A Óskar le encanta España.

–Como a todos los guiris, no te fastidia...

–¿Guiris?

–Oye, explícame cómo es que recuerdo las primeras fotos del álbum y, de repente, ya no me suena ninguna de las posteriores.

La mujer compone un gesto compungido.

–No lo sé, papá... Supongo que la memoria se comporta de modo misterioso. A mucha gente de tu edad se le ha borrado su pasado reciente y, sin embargo, sí recuerdan con precisión su juventud y su niñez. En tu caso, parece que, a partir de cierto momento, en tu cabeza has sustituido la vida que llevaste por la vida de ese detective de novela. A lo mejor porque es la vida que habrías querido tener. Pero, vaya, no lo sé con seguridad. La enfermedad es caprichosa.

–La enfermedad, ¿eh? Ya, ya, ya...

CAFÉ AMERICANO

¡Uf! ¡Vaya nochecita! Casi imposible dormir. La temperatura no ha debido de bajar de treinta grados. He dado en la cama más vueltas que un tiovivo antes de caer rendido cuando ya clareaba. Y ahora están dando ya las nueve en San Felipe, así que enseguida empezará a sonar el *Bendita y alabada* en la privilegiada voz de los infanticos del Pilar, como cada día. Como cada día, tres veces. Qué pesados.

En fin, ¿qué hago? ¿Me levanto? Lo cierto es que podría quedarme en la cama el resto del día. Total, no tengo nada que hacer...

Demonios. Huele a café. ¿Por qué huele a café recién hecho?

Me levanto, salgo de mi cuarto y, guiado por el aroma a torrefacto, me dirijo a la cocina.

–Buenos días, abuelo.

–Hola, papá.

Me quedo helado. Hay en mi cocina una mujer morena y un niño rubio a los que no he visto en mi vida. Están haciendo café con mi cafetera italiana.

–¿Qué... está pasando aquí? –pregunto, con la voz más temblorosa de lo que me habría gustado.

–Preparamos el desayuno, abuelo. ¿Qué te apetece?

–¿Quieres un Cola-Cao con madalenas, como el mío?

Se me ha acelerado el corazón hasta el punto de nublarme la vista.

–Ahora vuelvo.

Regreso a mi habitación agitadísimo.

¿Qué está ocurriendo? ¿Quién es esta gente?

De pronto, sobre la mesa de trabajo, descubro un cuaderno de tamaño folio en cuya tapa roja figura el mensaje: «Por si mañana no recuerdo».

Me siento en la silla. Lo abro. No tengo ninguna duda: es mi letra.

Leo detenidamente las cuatro páginas que escribí anoche, a partir de las doce y media, si he de fiarme de mis propias notas y de mi propia caligrafía. Me lleva unos diez minutos.

–Elisa y Óscar –susurro para mí–. Esos dos de ahí fuera se llaman Elisa y Óscar. Hija y nieto. Elisa y Óscar.

–Para mí, lo de siempre, Elisa, por favor –digo, al regresar a la cocina. Y ambos me miran con cara de sorpresa–. Americano con miel y un par de sobaos pasiegos.

–Bien. Siéntate, que ahora te lo pongo.

El chico se está zampando un desayuno digno del hotel Ritz: fruta, cereales, tostadas con mermelada, zumo, yogur.

–Hola, chaval. ¿Cómo te llamas?

–Óscar, abuelo.

–¡Mira! Como el Óscar de Hollywood.

–Exacto.

–Bien. Así no lo olvidaré. Oye... ¿Tú y yo no teníamos que hacer hoy algo juntos?

El chaval sonríe, me guiña un ojo y se lleva un dedo a los labios mientras señala a la mujer con un gesto de la cabeza.

–Entiendo.

CUCUMBER

Tras desayunar, regreso a mi cuarto. Tres minutos después, el chico rubio llama a mi puerta. Le abro, entra y vuelvo a cerrar.

–Tengo la dirección de Fernando Lalana.

–¿Y ese quién es?

–El escritor. El escritor de las novelas de tu vida.

Repaso rápidamente las notas de mi cuaderno.

–Ah, sí, sí..., aquí lo pone. Intentar hablar con Lalana. Buen trabajo.

–Sí. Solo he tenido que poner un par de mensajes en Pepino.

–¿Eh?

–Una red social buenísima. Se llama Cucumber. En España, Pepino. Preguntas lo que sea y siempre hay alguien que lo sabe. Resulta que vive en el Coso Alto, a cinco minutos de aquí.

–¿Quién?

–Lalana, el escritor.

–Ah, claro. Y es lo que teníamos que hacer juntos hoy. Lo dice aquí –comento, alzando el cuaderno de tapa roja.

–O sea, que lo hiciste. Apuntaste todo lo que hablamos ayer, como te dije.

–Ah, ¿fue cosa tuya? ¡Magnífica idea! ¿Cómo dices que te llamas?

–Óscar.

–¡Mira! Como el Óscar de Hollywood. Fue una idea estupenda, Óscar.

EL ESCRITOR

Nos abre la puerta porque Óscar consigue engañarlo a través del portero automático asegurándole que le traemos un paquete de la editorial Casals.

–¿Y mi paquete? –exclama, cuando salimos de la cabina del ascensor y nos plantamos ante él.

¡Me acuerdo de él! ¡Sí! Está hecho un carcamal y, además, aparece vistiendo un pantalón vaquero corto deshilachado y una camiseta con el ojo del ordenador HAL 9000, el malo de *2001: Una odisea del espacio*; pese a ello, lo reconozco al instante.

–Buenos días, señor Lalana. ¿Se acuerda usted de mí?

El viejo escritor lanza un gruñido cargado de escepticismo.

–Mire, yo hace ya años que no recuerdo nada que tenga alguna importancia.

–En ese caso, a lo mejor tengo suerte y soy lo bastante insignificante como para que aún me guarde en la memoria.

Lalana se ajusta las gafas al puente de la nariz y levanta poco a poco la cara para afinar el enfoque.

A continuación, permanece inmóvil y en silencio tanto rato que me pregunto si no se habrá dormido de pie. Hasta que, de repente...

–No es posible... ¡Demonios, sí, le recuerdo! Usted es... ¡Es Escartín! El detective Fermín Escartín, ¿verdad?

–¡Ja! Te lo dije –le susurro a mi falso nieto.

–No le voy a decir que se conserva igual que la última vez que nos vimos porque los dos estamos como pasas de Corinto, pero... aún se le reconoce bastante bien detrás de ese montón de arrugas.

–Lo mismo le digo, insigne escritor.

De modo espontáneo, nos fundimos en un abrazo.

–Ex. Exescritor –aclara luego–. Hace más de quince años que no escribo más que la lista de la compra.

–Bobadas. Un escritor nunca se jubila.

–Bobadas las suyas, Escartín. Un escritor se jubila como cualquier otro profesional. Es más: algunos colegas se resisten con uñas y dientes a su retirada, cuando harían bien en dejarlo antes de ponerse en ridículo.

–Pero alguien que ha sido escritor nunca pierde su condición de tal porque deje de escribir. Nadie llamaría exmúsico a Beethoven porque ya no componga nuevas sinfonías.

–Perdone, señor exescritor –interviene el chico–. ¿Podríamos pasar? Este rellano es pequeño, incómodo y oscuro. Solo necesitamos hacerle algunas preguntas, es cuestión de vida o muerte y no nos llevará más que unos minutos.

Lalana lo escudriña de arriba abajo.

–¿Y tú quién eres, aparte de un embustero? ¿Otro de mis personajes?

–No, que yo sepa. Me llamo Óscar y soy el nieto del señor Escartín.

–Imposible. El señor Escartín no tiene nietos. Al menos, en mis libros.

–¡Te lo dije! –exclamo, mientras el viejo escritor nos abre de par en par la puerta de su casa.

–Adelante, hasta el fondo. ¿A alguien le apetece una horchata muy fría?

–¡A mí, a mí! –se apresura a responder Izan. Digo, Óscar–. Me encanta la horchata. ¿No tendrá *fartons*?

–Pues claro.

–¡Yuju!

–¿Estás seguro de que no eres uno de mis personajes?

–Casi seguro.

–Lástima. Merecerías serlo.

Al final de un largo pasillo, desembocamos en un salón bastante grande, lleno de libros, cuadros raros, botes de cerámica y polvorientos ramos de flores secas.

Óscar y yo nos sentamos en los extremos de un sofá blanco de tres plazas. La pared situada frente a nosotros es, toda ella, una pantalla de altísima definición, de imagen tan perfecta que es como estar ante una cristalera a través de la cual pudiera verse la realidad. No se trata de una foto fija, sino de la proyección de un paisaje desértico. Los Monegros, seguramente. Algunos buitres surcan el cielo de cuando en cuando. El viento crea pequeños remolinos de arena. Cambia lentamente la forma de las escasas nubes.

Un minuto después, aparece el escritor transportando una bandeja con sendos vasos de horchata y un plato rebosante de *fartons*.

–Seguro que os apetece más otro paisaje. Catalina, pon en la pantalla el Pirineo. Broto.

–De acuerdo –dice una dulce voz de mujer, surgida de ninguna parte.

Al momento, el desierto de Los Monegros da paso a una vista del río Ara a su paso por Broto. La calidad es tan alta que es como estar allí, asomados al paseo fluvial, contemplando el puente medieval, con el Mondarruego al fondo. El río lleva mucho más caudal del propio de esta época. No hay automóviles a la vista, ni ningún otro signo de modernidad. El sonido es el del ambiente, pero bajito, para no incomodar la conversación.

–Me acuerdo de Broto. Esa es una grabación antigua, del siglo veinte, ¿verdad?

–No, qué va. Es una toma en tiempo real, pero modificada: más agua en el río, menos gente por las calles... Ahí, a la derecha, hay un bloque de apartamentos que estropea la vista. ¡Fuera con él! ¿Por qué conformarse con la simple realidad?

–Es lo que siempre han hecho ustedes, los escritores: modificar la realidad para hacerla más atractiva.

–Cierto. ¿Cuántos años hace que no nos veíamos, Escartín?

–No sé, muchos. Al menos, treinta. La última vez sería... ¿Dos mil quince? ¿2016, quizá? En todo caso, antes de la primera pandemia del COVID.

–Oh, Dios mío... Tenemos una edad en la que absolutamente todo, hasta lo más reciente, ocurrió hace ya más de treinta años. Aquel último encuentro fue en Lima, ¿no es cierto?

–Exacto. Semanas antes habíamos coincidido en Tarragona, en ese hotel que tiene las mejores vistas de España...

–El Imperial Tarraco.

–¡Justo! Y poco después, en efecto, nos vimos en Lima. Y nunca más hasta hoy, que yo recuerde.

–No se fíe, Escartín. A lo mejor nos vimos ayer, aquí mismo, y ninguno de los dos lo recordamos.

–La horchata está estupenda, don Fernando –nos interrumpe mi nieto apócrifo, tras haber vaciado su vaso mojando en él tres *fartons*, mientras yo apenas le he dado un sorbo al mío–. ¿Usted no quiere?

–No, yo solo tomo café, que es la droga de los escritores. Incluso de los escritores retirados. Y ahora, claro, me gustaría saber qué es eso tan importante que querían preguntarme. Espero poder ayudarle, Escartín.

Suspiro antes de reconocer que a mí también me gustaría que pudiese ayudarme, de algún modo.

–Verá: mi problema es que no sé quién soy.

Lalana me mira y se recoloca las gafas, una vez más.

–Sí que parece un problema.

DUDAS

Durante los siguientes veinte minutos, le relato al escritor con todo el detalle del que soy capaz, con ayuda de Óscar y de las notas de anoche, mis atribuladas últimas horas de vida, empezando por mi viaje en tren desde Benidorm, el encuentro con Óscar y su madre, mi desconcierto inicial, el repaso a las fotos familiares, la gran idea del chico de intentar localizarlo para buscar su ayuda...

–¿Usted cree que he sido realmente el famoso detective de sus novelas? ¿O tan solo un anónimo y mediocre profesor de universidad?

Lalana medita sobre ello durante unos momentos.

–Cuando nos conocimos, se me presentó como el verdadero detective Escartín y nunca he tenido duda de eso. Pero, claro, ese encuentro forma parte de una novela. No sé si cuenta como prueba.

–¿Es posible que nos conociésemos antes de que usted escribiese la primera de las aventuras de Escartín? ¿Y que el detective estuviese basado en mí, en una persona real?

El escritor se remueve en su sillón antes de responder.

–Mi memoria empieza a fallar tanto como la suya, Fermín, pero estoy convencido de que nuestro primer encuentro fue en el hotel de Tarragona. No creo que hubiese olvidado una conversación anterior con uno de mis propios personajes. Para mí, fue todo un acontecimiento personal. No solo eso: usted me pidió insistentemente que le escribiera una nueva novela porque...

–... porque estaba harto de ser un detective de mierda –completa Óscar.

Lalana lo mira con los ojos muy abiertos.

–Se ha leído todos los libros de Escartín y se los conoce de memoria –le aclaro, sonriendo.

–Quizá al señor Lalana le suceda lo mismo que a ti, abuelo: que haya sustituido en su memoria la realidad por sus propias novelas.

El escritor y yo nos miramos de reojo.

–Empiezo a pensar que este chico es un fenómeno –sentencia él.

Óscar pone cara de angelito.

–¿Recuerda por qué le puso el nombre de Escartín a su detective?

–Sí, claro. Lo he contado mil veces en mis charlas a escolares: se trata de un apellido muy aragonés que, sin embargo, en aquel tiempo, sonaba en medio mundo gracias a los éxitos del ciclista Fernando Escartín. Aunque... es posible que inventase esa explicación para responder a las preguntas de los alumnos sin meterme en líos.

–¿Y Fermín? ¿Por qué Fermín?

–Simplemente, por hacer la gracia de que rimasen el nombre y el apellido. Cuando ya era tarde, me di cuenta de que había sido un error. Mi personaje tendría que haberse llamado Agustín.

–Agustín Escartín. Sí, suena bien –admite el pequeño finlandés.

–¡Se lo podía haber pensado usted antes, caramba! Así tendríamos la certeza de que el detective Agustín Escartín y yo no somos la misma persona.

–Lo siento, pero eso no tiene remedio. A estas alturas, no puedo cambiarle el nombre a un personaje que ha protagonizado cinco novelas y aparece como secundario en otras tantas.

–Lo más extraño es la coincidencia del domicilio –nos hace ver Óscar–. No puede ser mera casualidad que el despacho del detective de las novelas coincida exactamente con la casa de mi abuelo.

–¡Que no soy tu abuelo, cabezudo!

–Tienes razón –reconoce Lalana–. Es harto improbable. A lo mejor, en efecto, tu abuelo y yo nos conocimos en un pasado remoto y olvidado por ambos; y, tiempo después, utilicé su nombre y sus señas para crear al personaje. Sin embargo, como no lo recuerdo, me temo que ya jamás podamos saber la verdad.

–Resultado final de nuestra visita: más incógnitas y ninguna respuesta –concluye Óscar.

–Esto de perder la memoria es un asco –afirmo desanimado.

–Esto de hacerse viejo es un asco. Digan lo que digan –sentencia el escritor.

ÚLTIMAS DEDICATORIAS

Tras unos minutos de charla banal, en los que Lalana muestra interés por detalles de mi vida cotidiana que apenas le puedo facilitar, llego a la conclusión de que nuestra presencia en su casa ya no da más de sí.

–Ha sido un placer volver a verle, después de tantos años, pero no quiero molestarlo más.

–Ninguna molestia, Escartín, todo lo contrario. Para mí ha sido una sorpresa muy grata –dice el escritor, estrechándome la mano al tiempo que me palmea el hombro–. Conste que lo que me resulta más inexplicable es que no nos hayamos cruzado nunca por la calle, viviendo en el mismo barrio, tan cerca el uno del otro.

–Debe de ser porque ninguno de los dos pisamos mucho la calle últimamente.

Emprendemos el camino hacia la salida. De pronto, Óscar se lleva las manos a la cabeza.

–¡Ay, madre! ¡Casi se me olvida! He traído las cinco novelas de Escartín. ¿Le importaría dedicármelas, señor Lalana?

El escritor, brazos en jarras, contempla cómo el chico rebusca dentro de la bolsa de tela que llevaba colgada del hombro. Asiente con la cabeza y nos hace una seña para que lo sigamos hasta lo que debió de ser su despacho de trabajo en otro tiempo y que ahora es un caos de libros, cintas de vídeo, trofeos literarios y cachivaches varios. A través del balcón puedo ver el edificio Adriática, el más bonito de Zaragoza.

Lalana toma asiento ante una mesa de rincón, empuja unos cuadernos para despejar una parte del tablero y, de un cajón, saca una estilográfica que reconozco de inmediato.

–Pero... ¡pero si es una Montblanc Octavian! ¡Como la mía!

Lalana sonríe enigmáticamente mientras abre *El asunto Galindo* por la primera página y comienza a estampar la dedicatoria con una hermosa caligrafía, realzada por el azul turquesa de la tinta.

Le lleva sus buenos diez minutos autografiar las cinco novelas. Yo empleo ese tiempo en revisar la estantería donde se alinean todas sus obras; seguramente, en orden cronológico.

–¿Cuántos libros ha publicado hasta ahora?

–No sé. Muchos.

–Aproximadamente.

–¡Le digo que no lo sé! Ni me importa. Es cosa del pasado.

–Bueno, vale, vale, no se ponga así.

Por fin, sin prisa, termina las dedicatorias. Óscar las va leyendo en silencio.

–Veo que, en todos los casos, ha añadido: «Último ejemplar de este título dedicado por el autor».

–Es por darles un valor adicional. Así podrás sacar algo más de dinero por ellos, cuando decidas venderlos.

–¡Qué dice! No pienso venderlos nunca.

–Nunca digas nunca, muchacho.

–¿De veras cree que son los últimos libros que va a firmar?

–De esos títulos, estoy seguro.

–Entonces…, si mañana alguien lo para con un ejemplar de *La tuneladora* y le pide que se lo dedique…, ¿le dirá que no?

El viejo escritor ríe, con amargura.

–Es difícil que alguien me pare por la calle porque ya no salgo a la calle. Siempre he sido un tanto agorafóbico y he empeorado en los últimos tiempos. Lo de la pantalla gigante formaba parte de una terapia que no funcionó. Al revés: ¿para qué voy a salir de casa si desde mi propio salón puedo asomarme a cualquier parte del mundo?

–Yo tuve un vecino agorafóbico –apunto–. Se llamaba Virgilio. Virgilio Cultrecio. Le gustaban mucho los pasatiempos: crucigramas, jeroglíficos…

–Abuelo, te refieres a Horacio, que aparece en varios de los libros de Escartín.

–¡No, no! Horacio era su hermano gemelo y ocupó el piso después, al morir Virgilio.

Noto cómo el escritor arruga el entrecejo.

–Interesante. ¿Recuerda cómo murió Virgilio?

Tengo que hacer un gran esfuerzo de memoria.

–Creo… que se suicidó. Se colgó de la viga central del desván.

–Qué cosa tan terrible –murmura Lalana para sí.

CONTRAMAESTRE

Justo cuando salimos del portal del escritor, se cruzan ante nosotros dos tranvías que circulan en sentidos opuestos. Ambos hacen sonar alegremente sus respectivas campanas.

De inmediato, Óscar me señala la terraza de una cafetería situada apenas a unos metros.

—¡Caray! Tu amigo tuvo que ganar mucho dinero con los libros, ¿eh? ¡Vive al lado del Starbucks! ¿Por qué no nos sentamos a tomar un zumo ecológico? El más raro que tengan.

—Pero si acabas de zamparte una horchata con *fartons*.

—No es por el zumo. Es por el sitio. ¡Vamos!

—Ni hablar. ¿Acaso ves a alguien de mi edad en alguna de las mesas? Yo solo veo frikis y adolescentes tan insoportables como tú.

—¡Venga! No seas hojalata, abuelo.

—Hojalata, ¿eh? Mira: acepto si me respondes correctamente a una pregunta.

—¿Solo una? ¿Ni siquiera tres, como la Esfinge?

—Solo una. ¿Sabes quién es Starbuck, el que da nombre a estas cafeterías?

—Imagino que será el apellido del dueño.

—Frío, frío. Se trata de un personaje literario.

Óscar alza las cejas y sonríe.

—¡Ah, vale! No había caído: Starbuck es el contramaestre del Pequod, el barco ballenero de la novela *Moby Dick*.

Me deja con la boca abierta.

—¿Has leído *Moby Dick*?

—En versión adaptada. Pero estas próximas Navidades pienso pedirle al rey Gaspar una buena versión completa.

Retrocedo un paso para mirarlo con perspectiva.

—¿Te he dicho alguna vez que si tuviese un nieto me gustaría que fuese como tú?

Óscar sonríe.

—No, abuelo, nunca me lo habías dicho. Gracias por el piropo.

—Elige mesa y pide lo que quieras. Te lo has ganado.

EL PADRINO

Media hora más tarde nos levantamos de la terraza tras habernos tomado el zumo más estrafalario y el café americano más caro de nuestras vidas.

–Oye, estaba pensando... Quizá alguno de mis viejos amigos del barrio recuerde que fui detective privado y no profesor de Lingüística.

–Creo que todos tus viejos amigos están muertos, abuelo.

–Pero no cuesta nada dar una vuelta por los alrededores.

Veo que a Óscar no lo entusiasma la idea de pasear bajo el casco viejo con los treinta y seis grados que están cayendo del cielo, pero insisto.

Doblamos a la izquierda por la calle Alfonso y después a la derecha por Méndez Núñez, hasta llegar frente al local donde estuvo La Estilográfica Moderna[14]. La persiana está bajada y en el centro quedan restos de un cartel que anunciaba «Se traspasa por jubilación» y que debe de llevar allí varios veranos.

Sin cambiar palabra, seguimos adelante; cruzamos Don Jaime I, doblamos por Refugio, atravesamos la calle Mayor y llegamos a la plaza de Santa Marta, donde la comadreja de madera tallada sigue presidiendo la marquesina del bar La Comadreja Parda. Entramos, pero tras el mostrador ya no está mi amigo Nemesio, que a tantos menús del día tuvo que invitarme en los malos tiempos, sino un sujeto de aspecto oriental.

–Señol Nemesio está como una legadela. Inglesado famoso manicomio de Ciempozuelos hace cinco años –nos responde, al preguntarle por el antiguo dueño.

---

14. Ver *Amsterdam Solitaire*, en esta misma colección.

—Vaya, no sabía...

—¿Montadito de gualdiacivil? —nos ofrece el chino, señalando unas tapas sobre el mostrador con aspecto de haber sido preparadas por el propio Nemesio antes de su entrada en el frenopático.

—No, gracias. Del disgusto se nos ha ido el hambre —se excusa Óscar.

Doblemente desanimado, echo a andar sin rumbo fijo, seguido por mi improbable nieto, que lo hace en silencio y visiblemente fastidiado. Al cabo de unos minutos, sin saber cómo, llegamos a las inmediaciones del seminario de San Carlos. Justo enfrente está el palacio de los Morlanes, la sede de la Filmoteca Municipal desde hace varias décadas. Muchas décadas.

—¿Has ido alguna vez al cine?

—He visto muchas películas, pero...

—Me refiero al cine cine: pagando entrada, butaca, pantalla grande, sonido estereofónico...

—No, eso no.

—¿Te gustaría?

Óscar ladea la cabeza.

—No sé. Supongo que dependería de la película.

—Mira, están echando un ciclo de Francis Ford Coppola. Esta tarde ponen *El padrino*.

—El caso es que me suena, pero...

—¿Te suena? ¡Por favor! Para muchísima gente, es la mejor película de todos los tiempos, y su protagonista, Marlon Brando, el actor más grande de la historia. Se presentó a la prueba ocultando su identidad porque quería conseguir el papel a toda costa cuando ya los directores no se acordaban de él. Un fenómeno. ¡Ah! Y la segunda entrega es aún mejor que la primera, desbaratando la regla general de que segundas partes nunca fueron buenas.

–Tiene buena pinta.

–¿Vamos?

–Eeeh... Sí, ¿por qué no? Una nueva experiencia.

–Voy a sacar dos entradas para esta tarde. A ver si queda fila siete.

–¿Por qué?

–Es la fila de los cinéfilos.

Volvemos a casa con nuestras entradas para las cinco de la tarde. La madre de Óscar nos ha preparado una estupenda ensalada de codorniz escabechada y una merluza a la vasca que no recuerdo haber comido nunca otra mejor. Desde luego, que yo no lo recuerde no significa gran cosa, pero de todos modos está muy rica.

–¿Dónde aprendiste a cocinar?

–En Finlandia.

–¿En Finlandia comen merluza a la vasca?

–No. Comen, sobre todo, salmón. Pero si aprendes a tratar bien el pescado, llevas mucho ganado.

–Está riquísima. Y, oye..., ¿quién paga esto? Lo digo porque la merluza y las codornices escabechadas no son precisamente baratas.

–Tuve que dejar mi trabajo para venir a cuidarte. Aún me quedan algunos ahorros, pero todos los gastos salen de tu pensión, papá. En eso quedamos.

–No recuerdo que quedásemos en nada, pero me parece bien.

–De todos modos, de cuando en cuando, me salen algunas clases de inglés. Cada vez menos, porque los traductores personales de Google cada día son más eficaces y ya poca gente siente interés por aprender idiomas.

–Lo entiendo. No te preocupes por eso.

Hay sandía de postre. Luego, la madre del chico me pregunta si me apetece un café. Le respondo que no, porque me quiero echar la siesta, que el calor aprieta de lo lindo y da modorra.

—Si no me he despertado para entonces, avísame a las cuatro y media, para que nos dé tiempo de llegar al cine a las cinco.

—¿Al cine? ¿Cómo que al cine? ¡Pero si ya no hay cines, papá!

—Te equivocas: queda la Filmoteca Municipal. Esta tarde echan *El padrino*, y el abuelo ha sacado entradas.

—¿Vas a ir al cine con el abuelo? No sabes lo que haces. Te destripará las escenas con antelación para que te fijes en algún detalle.

—¡Qué va! Si apenas la recuerdo. Será como si la viera por primera vez. Bueno, me voy a echar un rato. A lo mejor, ni siquiera me duermo.

EL DESPERTAR

Cuando despierto, tengo la extraña sensación de haber pasado algo de frío. Me revuelvo en la cama y busco el despertador para saber la hora.

Sobre mi mesilla, encuentro un artefacto moderno que me indica hora, fecha, datos climáticos actuales y la previsión del tiempo para toda la semana. No recuerdo haberlo comprado, pero es majo.

Parpadeo para aclarar la vista. Supongo que, en algún momento, me operaron de cataratas y ahora puedo leer sin gafas. Examino con detenimiento el artilugio. Al parecer, es lunes, 3 de noviembre de 2042, son las nueve y cinco de la mañana y la temperatura exterior roza los nueve grados Celsius. Claro, a la fuerza he pasado frío.

De pronto, me llega un ligero y delicioso olor a café recién hecho. Qué raro. He pensado: «Me levanto y preparo café», y, al momento, huele a café.

Me pongo en pie. Sobre el banquito junto a la cama veo una bata de color granate. Aunque no la he visto nunca, me la pongo, instintivamente. Me queda como un guante. Estoy a punto de abandonar mi cuarto cuando el sonido de unas risas cercanas me acelera el corazón. ¡Juraría que hay alguien en mi casa! Sujetándome el pecho con la mano, abro la puerta, muy despacio. Solo lo suficiente para asegurarme de que, en efecto, al menos dos desconocidos charlan en mi cocina. Avanzo muy cautamente, tratando de averiguar más. Se trata de una mujer morena de mediana edad y de un adolescente rubio, a los que no conozco de nada. ¿Cómo demonios han entrado en mi casa? Charlan alegremente mientras la cafetera italiana borbotea al fuego. Estoy a punto de indicarles que la retiren cuando la mujer se levanta y lo hace.

Tan lenta y sigilosamente como he salido, regreso a mi habitación. Al cerrar la puerta tras de mí, estoy tan aterrado que me cuesta respirar.

Me pregunto quién soy y, por fortuna, puedo responderme: soy Fermín Escartín, detective privado. ¿Y la mujer y el chico? Ni idea.

De pronto, sobre la mesita de escritorio, veo un cuaderno de muelle, de tamaño folio, sobre cuya tapa roja leo escrita la frase «Por si mañana no recuerdo».

Hay una decena de páginas escritas, caligrafiadas con mi propia letra, que no recuerdo haber redactado, pero sobre cuya autoría no puedo tener dudas. Las primeras llevan fecha del pasado mes de julio. Tras ellas, hay nuevas anotaciones posteriores.

Me lleva unos veinte minutos leerlo todo. Mientras lo hago, en varias ocasiones me entran ganas de llorar.

Nada recuerdo de cuanto en esas páginas se dice. Pero, supongo, debe de ser la verdad.

Elisa y Óscar. Elisa y Óscar. Elisa y Óscar.

Inspiro profundo y salgo.

MALA NOTICIA

–Buenos días, Elisa. Óscar...

–Hola, papá. Buenos días.

–¡Abuelo! ¿Qué tal has dormido?

–Bien, bien. Quizá he pasado algo de frío.

–A lo mejor hay que encender ya el calentador de la cama. ¿Quieres desayunar?

–Sí, gracias.

Óscar está desayunando como un campeón olímpico: ColaCao, madalenas, yogur, zumo, tostadas... De pronto, se vuelve hacia mí.

–Abuelo..., tengo una mala noticia que darte.

–Vaya por Dios.

–Me he enterado por las redes de que ha muerto Fernando Lalana.

–¿Y quién era ese?

–El escritor. Amigo tuyo. El autor de las novelas de Fermín Escartín.

Elisa me acaba de servir un americano con miel. Yo estaba a punto de llevarme la taza a los labios y, sin saber por qué, la mantengo ahí, a mitad de camino entre la mesa y la boca. De modo un tanto grotesco, me veo reflejado en la superficie indecisa y oscura del café. Mi rostro en el café riela, habría dicho Espronceda. Siento una extraña sensación de vértigo, como en la primera caída de una montaña rusa. No me explico por qué.

–¿No recuerdas que fuimos a visitarlo a su casa hace unos meses?

–No, no lo recuerdo.

–Pensabas que te aclararía algunas dudas sobre ti, que él sabría si habías sido profesor o detective.

–O un simple personaje literario –susurro.

–El caso es que era un hombre muy mayor y la cabeza no le funcionaba como es debido, así que no sacamos nada en claro. Pero fue muy amable y me dedicó las cinco novelas de Escartín. Creo que son mi posesión más preciada.

Me siento desenfocado, flojo, disperso. Y, entonces, Elisa sale con una idea de lo más peregrina.

–¿Cuándo es el funeral?

–Esta misma mañana, a las doce.

–¿Por qué no vamos al cementerio? Este pasado fin de semana fue el de Todos los Santos y estará precioso, lleno de flores. Podemos despedir a ese escritor y, ya de paso, visitar las tumbas de nuestra familia.

Estoy a punto de gritar que no, pero Óscar se me adelanta.

–¡Me parece una idea estupenda!

–¿Es que no tienes clase?

–No, abuelo. Como el día uno cayó en sábado, lo recuperamos hoy.

–Entiendo. La cuestión es no perder ni un solo día de fiesta.

–Efectivamente.

TORRERO

El cementerio de Torrero está perfumado por un olor funerario, de flor muerta que empieza a marchitarse. El día, gris, calmo, triste, silente y húmedo, colabora a la sensación de tregua en la perpetua batalla entre la vida y la muerte que suponen estos días de difuntos.

Impresionan los centenares de ramos que alegran las zonas recientes, aunque, mucho más, la solitaria desnudez de las tumbas más antiguas, esas de cuyos moradores ya nadie se acuerda.

Tras preguntar aquí y allá, logramos dar con la comitiva que conduce el féretro del escritor hacia su destino final, una pequeña capilla familiar en la divisoria entre el viejo cementerio y la parte nueva. Apenas dos docenas de personas lo acompañan. De hecho, el féretro avanza a hombros de cuatro sepultureros androides, por falta de allegados directos que cumplan con ese cometido.

De las conversaciones en voz baja, puedo deducir que entre los asistentes hay mayoría de profesores y minoría de amigos y de colegas del finado. Me extraña que no hayan acudido más escritores, habida cuenta de la fuerte solidaridad profesional de este gremio, siempre ajeno a las envidias y los rencores. Los cuchicheos hacen ahora hincapié en la presencia de un famoso autor catalán, casi centenario, que ha acudido desde Barcelona al volante de su propio coche, un Porsche Turbo negro de primera generación, de gasolina, casi inconducible, que nadie se explica cómo las autoridades le permiten seguir poniendo en marcha.

Y luego, estamos nosotros tres.

Llegados a la capilla funeraria de los Lalana, los cuatro sepultureros biomecánicos colocan el ataúd en el espacio previsto y sellan el nicho con una gran lápida de mármol previamente grabada. Todo ello con velocidad y precisión impensables en sus colegas humanos y sin mancharse lo más mínimo sus trajes negros ni sus camisas blancas.

–Ya está –anuncia el jefe de la cuadrilla.

Los asistentes dudan a quién darle el último pésame. Tras unos instantes de desconcierto, se forma una fila ante un muchacho de unos veinte años. De nuevo, los comentarios en voz baja nos permiten averiguar que se trata del nieto del escritor, apresuradamente llegado de Londres.

Nos quedamos los últimos. Cuando me llega el turno, le tiendo la mano.

–Te acompaño en el sentimiento. Soy Fermín Escartín.

La mirada del joven se ilumina al instante.

–¡El detective!

–En efecto.

–Es un placer conocerlo, señor Escartín. O sea... que el personaje que creó mi abuelo estaba basado en usted, en alguien real –afirma, con un ligero acento británico.

–Bueno, no sé... No estoy seguro de eso.

–Pero... no puede tratarse de una casualidad.

Sonrío, sin saber qué replicar.

–Ella es Elisa, mi..., y este es Óscar.

–¡Óscar! –exclama el nieto del escritor–. ¡Vaya! ¡Yo también me llamo Óscar! ¡Qué casualidad! Mucho gusto en conocerte, Óscar.

–Lo mismo digo, Óscar.

Se estrechan la mano y se miran a los ojos. De repente, en un impulso espontáneo, se echan el uno en brazos del otro y permanecen así un rato largo. Cuando se separan, ambos tienen la mirada húmeda.

Elisa también le da el pésame y un par de besos.

Cruzamos media docena de frases de cortesía, de esas en las que se hacen vanas promesas de reencuentro que nadie tiene la menor intención de cumplir; y nos despedimos.

EL SOBRE GRIS

Sin embargo, en ese instante, reparo en un hombre muy mayor, delgado, con gafitas redondas, que parece estar esperándonos apenas a unos pasos de distancia y que se dirige a mí de inmediato.

—Disculpe, señor Escartín. Soy Adolfo Calatayud, notario y albacea del señor Lalana.

Me limito a estrecharle la mano que me tiende.

—Albacea...

—Entiendo que esto le parezca un poco intempestivo, pero estoy seguro de que el señor Lalana habría querido que cumpliese con su encargo cuanto antes.

Veo que Óscar, el nieto del escritor, se queda a una prudente distancia de nosotros. El otro Óscar y su madre se han apartado aún más del notario y de mí.

—Y ese encargo..., ¿en qué consiste?

Calatayud echa mano de un portafolios de cuero que lleva colgado en bandolera y saca un sobre de burbujas ecológico de color gris, tamaño folio, y una tableta electrónica de última generación.

–Si es tan amable de firmar aquí... –me dice, poniendo la tableta a mi alcance.

–No pienso firmar nada sin que me diga antes de qué demonios se trata.

–Es muy sencillo. Este sobre contiene el original del último relato escrito por don Fernando Lalana. De hecho, lo terminó hace apenas unos días. Me indicó que quería que, tras su muerte, quedase usted en posesión del mismo. En posesión y en propiedad. Puede usted hacer con ese relato lo que desee. Publicarlo, por ejemplo. Cualquier cosa. Basta con que me firme el recibí y será suyo.

Siento una extraña incomodidad; como si estuviese cometiendo una tropelía.

–¿Y si no lo acepto?

–En ese caso, lo destruiré. No existen copias.

Atención, pregunta: ¿quiero ser el responsable de la desaparición de la obra póstuma de un famoso escritor? La respuesta es no, claro que no.

–Está bien.

Firmo, y el notario Calatayud me entrega el sobre gris. Solo por comprobar que el contenido se ajusta a lo que me ha contado, lo abro y saco un bloque de unos cincuenta folios mecanografiados por una sola cara y encuadernados de modo muy sencillo. Mecanografiados, no impresos. Sobre la primera página figura el título: *Una vida improbable.*

–Por mi parte, si no tiene ninguna duda o pregunta que yo pueda responder, doy mi tarea por terminada. Buenos días.

–¡Espere! De hecho, sí tengo una duda. ¿Cómo sabía que podría encontrarme aquí? La decisión de venir al sepelio del señor Lalana la tomamos hace un rato, de manera imprevista.

El notario sonríe beatíficamente. Señala con una mirada el sobre gris que sostengo entre mis manos.

–Cuando lo lea, lo entenderá.

TUMBAS Y SUEGROS

Elisa, Óscar y yo nos dirigimos a la zona más reciente del cementerio. Sin el menor titubeo, ellos se encaminan hasta un bloque de nichos en cuyo tercer piso localizamos la tumba de Lorena.

Lorena Mendilicueta. Según su versión, mi amante esposa hasta que la muerte nos separó hace tres años. En mi maltratada memoria, mi exmujer desde hace medio siglo.

Elisa y Óscar contemplan la lápida de mármol gris con ojos húmedos. Yo lo hago con indiferencia, pues no tengo ningún buen recuerdo que me una a Lorena. Si los hubo, resultan tan lejanos que ya solo me provocan indiferencia.

Elisa, de pronto, toma su teléfono móvil y le susurra algo al aparato. Un minuto más tarde, aparece volando sobre nuestras cabezas un dron pequeñito, que coloca un ramo de crisantemos frescos en el cajetín del nicho. A continuación, se aleja en silencio.

–¿Vamos a ver a los abuelos? –pregunta luego Elisa.

Me cuesta unos instantes comprender que se refiere a sus supuestos abuelos. O sea, mis padres y los de Lorena.

–Claro que sí. Supongo que sabéis dónde se encuentran. Yo no tengo ni la más remota idea.

En efecto, con precisión astronómica y sin el menor titubeo, Óscar y Elisa hallan las dos sepulturas. La de la familia Mendilicueta es bastante más amplia, casi ostentosa en comparación con el nicho que comparten los Escartín.

El ritual del dron florista se repite en los dos casos, imagino que con cargo a mi cuenta corriente, lo que me parece un doble desperdicio. Me duele especialmente alegrar la tumba de mis exsuegros, que nunca me tragaron. Siempre consideraron una tragedia familiar que Lorena se enamorase de mí y, supongo, celebrarían con pacharán y fuegos de artificio nuestra temprana separación.

Regresamos a casa dando un largo paseo desde el cementerio. Creo que no había caminado tanto rato seguido desde hace al menos diez años.

Al llegar, me siento exhausto, pero Elisa tiene ya preparado un pollo guisado capaz de reconstituir a un soldado muerto por disparos de mortero.

–Voy a mi cuarto –digo, tras el postre y el café–. No me molestéis. Quizá tarde un rato largo.

–¿Vas a dormir la siesta?

–Voy a leer el último relato de Fernando Lalana.

EL ÚLTIMO RELATO

Sentado ante mi mesita escritorio, miro y remiro el sobre gris durante un tiempo larguísimo. Siento caracoles deambulando por mi estómago.

Cuando, al fin, me decido a sacar el original mecanografiado de su envoltorio, descubro que el sobre contiene también una carta de puño y letra del autor, con la misma caligrafía y la misma tinta azul turquesa de las dedicatorias que hizo para Óscar. En esas líneas, me agradece la visita que le hicimos, unos meses atrás. De modo, que Óscar no mentía cuando me dijo que estuvimos en su casa y nos ofreció horchata. Luego, Lalana me indica que aquella visita lo impulsó a sacar del trastero su vieja Olivetti eléctrica y escribir este relato, después de quince años de inactividad literaria. Y asegura que este escrito también es mío en gran medida, pues todo procede de la peripecia que le conté aquella mañana, al poco de mi regreso de Benidorm.

Por supuesto, no recuerdo haberle contado nada. Ni siquiera recuerdo haber estado recientemente en Benidorm. De niño, sí, pero no de adulto.

Abro el relato por la página de portada. *Una vida improbable.*

Me parece un mal título.

Empezamos bien...

UNA VIDA IMPROBABLE (2042)

Creo que han sido unos estupendos días de vacaciones: sol, playa, sol, paseos en pedalo, sol, partidas de bingo, sol, toneladas de protector solar, más sol, toneladas de *aftersun*... ¡Bueno, bueno...! El hotel, de primera. Hotel Solymar. Marysol. Playasol. Playamar. Playisol. Soliplay. Algo así. La habitación, estupenda, con su cama y todo. Muy alta. En el piso..., no sé, veintidós o treinta y nueve. Muy muy alta. Muy alta la habitación, no la cama, que era normal, a ver si alguien va a creer que nos ponen en literas. No, no; de eso, nada. Yo no he dormido en litera desde que fui a la mili... La cama, a la altura del suelo, como cualquier civil. Las excursiones, maravillosas. Todos con nuestra bolsita de los bocadillos, nuestra pera y nuestra botellica de agua. Los sitios, preciosos. Los camareros, amabilísimos. Los autobuses, comodísimos. Todo estupendo.

De veras, esto de los viajes del INSERSO es la leche en bote; cada año que pasa, más divertido. Te reencuentras con viejos amigos, salvo los que se han muerto desde la última vez, que son reemplazados por otros, igual de viejos, igual de lelos, pero con el entusiasmo intacto.

Y, encima, este verano no ha habido ningún secuestro ni asesinato, que es algo que a los detectives nos ocurre muy a menudo cuando estamos de vacaciones y es una lata, porque uno se apunta a estos viajes para descansar, no para seguir resolviendo crímenes gratis.

Este año creo que ha sido especialmente tranquilo. No ha desaparecido ni el gato. No han robado ni una dentadura postiza. Nadie ha matado ni a una mosca.

Digo «creo» porque, la verdad, no me acuerdo de casi nada.

Qué pena. Con la memoria tan buena que yo tenía, que hasta podía dibujarme en el éter una libreta mental y apuntar cosas allí para consultarlas luego; y hoy por hoy no me acuerdo ni de lo que he comido en el almuerzo. No me acuerdo ni del nombre del pueblo donde he estado estos días de vacaciones...

–¡Benidorm!

......

Detengo la lectura. Los caracoles que antes recorrían mi estómago han sido sustituidos por calamares así de gordos. Siento una terrible desazón. No acierto a entender qué está ocurriendo; qué me está ocurriendo. Por supuesto, es la primera vez que leo estas líneas; y, sin embargo, algo profundo se remueve en mi cabeza, encendiendo alarmas. Me siento espectador de una película olvidada, pero que ahora estoy seguro de haber visto en alguna ocasión, quizá entredormido en el sofá.

Siento deseos de abandonar, pero no: sigo leyendo.

El viaje en tren. Un tal Amadorm. Mi llegada a Zaragoza, el trayecto hasta casa en medio de un mar de dudas. Mi encuentro con Óscar y Elisa. Una vida nueva, distinta de la que almacenaba en mi memoria. ¿Las novelas del detective Escartín son solo novelas? Mis sospechas. Esas fotos para las que no recuerdo haber posado jamás. La decisión de escribir un cuaderno que me permita saber cada mañana quién soy y cómo se llaman quienes me rodean. «Por si mañana no recuerdo». Y unas páginas más adelante, en efecto, la visita al escritor Lalana, donde le cuento mis tribulaciones desde el regreso de Benidorm, que él utilizará para escribir el relato que ahora tengo entre las manos.

Bien hasta ahí. Un tanto metaliterario, pero bien.

Mal de ahí en adelante porque, de forma inexplicable, el relato de Lalana no se detiene cuando Óscar y yo nos despedimos de él. Al contrario, sigue narrando nuestras andanzas como si hubiera encargado al mismísimo detective Escartín que nos siguiera a todas partes. Un café en Starbucks. La Estilográfica Moderna, cerrada por jubilación. La Comadreja Parda, ahora en manos orientales. La Filmoteca Municipal. Entradas para ver *El padrino*, de Coppola.

No recuerdo nada, pero, al tiempo, algo muy profundo me dice que todo es verdad.

De pronto, tras una elipsis bestial, que me conduce hasta esta misma mañana, Óscar me anuncia la muerte de Lalana.

Alzo la vista del papel, con la boca seca como el esparto. Un momento... ¿Cómo es posible? Y la pregunta termina en un escalofrío. El autor ha introducido en el relato su propia muerte. ¿Cómo sabía que hoy estaría muerto?

La inquietud está dejando paso al miedo.

¿Alguna vez has tenido la certeza absoluta de que alguien te observa en secreto?

Giro lentamente la cabeza, esperando encontrar a mi espalda... ¿qué? ¿Al sonriente fantasma de Fernando Lalana acompañado por una mujer vestida de negro con una guadaña entre las manos?

Un sonido me sobresalta, pero es el del crujido de mis propias cervicales. No hay nadie en mi habitación. Claro que no, qué tontería.

Inspiro hasta llenar los pulmones al máximo y decido seguir leyendo, cada vez más perplejo, cada vez más asustado.

Me convierto en lector de mí mismo, del momento en el que, esta mañana, hemos tomado la decisión de acudir al cementerio para asistir al entierro del autor de estas líneas. Palabra por palabra.

...

–¿Cuándo es el funeral?

–Esta misma mañana, a las doce.

–¿Por qué no vamos al cementerio? Este pasado fin de semana fue el de Todos los Santos y estará precioso, lleno de flores. Podemos despedir a ese escritor y, ya de paso, visitar las tumbas de nuestra familia.

Estoy a punto de gritar que no, pero Óscar se me adelanta.

–¡Me parece una idea estupenda!

...

A continuación, leo nuestro encuentro con su nieto Óscar.

Leo, palabra por palabra, la conversación con el notario Calatayud, que me hace entrega de este mismo escrito dentro de un sobre gris.

...

–¿Cómo sabía usted que podría encontrarme aquí? La decisión de venir al sepelio del señor Lalana la tomamos hace un rato, de manera imprevista.

El notario sonríe. Señala el sobre que sostengo entre mis manos.

–Cuando lo lea, lo entenderá.

...

En efecto, ahora lo comprendo. El notario sabía que yo acudiría al cementerio esta mañana porque Lalana ya había contado nuestro encuentro en este mismo relato.

Elisa me dice una y otra vez que todo cuanto yo recuerdo haber hecho en mi vida está contado al detalle en las novelas del detective Escartín. Yo nunca lo he creído, porque mi vida es mía, pero... ¿y si fuera como ella dice? ¿Es posible que lo que me quede por vivir esté narrado en este escrito que tengo ante mis ojos, el postrero de su autor?

Por encima del temor que me galopa dentro del pecho siento una necesidad irresistible, vital, de leer las pocas páginas que me quedan.

Vamos.

Vamos, Escartín.

Deberías estar a punto de averiguar si fuiste un anodino profesor, un famoso detective o, simplemente, un estúpido personaje de novela. O nada de eso.

Regreso a la lectura con la taquicardia disparada.

Nuestra visita a las tumbas de Lorena, de los Escartín y de los Mendilicueta.

Elisa, Óscar y yo llegando a casa. Un estupendo guiso de pollo para comer. Y después...

...

—Voy a mi cuarto —digo, tras el postre y el café—. No me molestéis. Quizá tarde un rato largo.

—¿Vas a dormir la siesta?

—Voy a leer el último relato de Fernando Lalana.

...

Y después de leer que leo la carta manuscrita de Lalana que tengo aquí, sobre la mesa, leo que me dispongo a leer el relato que ya estoy terminando de leer.

...

Abro el relato por la página de portada. *Una vida improbable.*

Me parece un mal título.

Empezamos bien...

UNA VIDA IMPROBABLE (2042)

Creo que han sido unos estupendos días de vacaciones: sol, playa, sol, paseos en pedalo, sol, partidas de bingo, sol, toneladas de protector solar, más sol, toneladas de *aftersun*... ¡Bueno, bueno...! El hotel, de primera. Hotel Solymar. Marysol. Playasol. Playamar. Playisol. Soliplay. Algo así.

......

–¡No puede ser!

Tengo que levantar la vista del papel o siento que voy a meterme de punta cabeza en un círculo vicioso, un agujero de gusano, una banda de Moebius o en algo igualmente incomprensible, que es justo lo que pone en este momento en el relato de Lalana, con estas mismas y precisas palabras.

He llegado al punto de encuentro, al momento exacto en el que existo, al presente perfecto. Estoy leyendo mis propios pensamientos justo antes de que se produzcan, y ya no hay diferencia entre la ficción que imaginó el escritor y mi propia vida... o lo que sea que esté aconteciendo en este instante.

–¡Oh, Dios mío! –grito, sin poder evitarlo, al leer en el papel: «¡Oh, Dios mío! –grito, sin poder evitarlo».

Y, enseguida, oigo varios golpes en la puerta y, al momento, la voz de Elisa, que pregunta:

–Papá, ¿estás bien? Me ha parecido oírte gritar.

Alzo la vista del relato, espantado. Me pongo en pie, tirando hacia atrás la silla.

–Sí, sí..., no te preocupes. Tranquila. Estoy bien.

Suenan golpes de nudillos en la puerta y, a continuación, la voz de Elisa:

–Papá, ¿estás bien? Me ha parecido oírte gritar.

Alzo la vista del relato, espantado. Me pongo en pie tirando la silla, al retroceder.

–Sí, sí..., no te preocupes. Estoy bien, estoy bien.

Eso digo, pero no estoy bien, claro que no estoy bien. Estoy a un paso, a un párrafo, de la camisa de fuerza.

Quiero seguir leyendo, pero sé que no debo hacerlo si quiero evitar que me estalle la cabeza.

Como en tantas ocasiones a lo largo de mi vida, no sé qué hacer.

TRES PÁGINAS MÁS ALLÁ

De pronto, tengo una idea. Una de esas intuiciones que han jalonado mi carrera como detective, plagándola de éxitos.

Me tapo los ojos con la mano izquierda, para no caer en la tentación de posar la vista sobre el maldito escrito, me acerco a la mesa y, al tentón, con la derecha, paso una, dos y... tres páginas. No más, porque son muy pocas las que faltan para terminar el relato.

De este modo, confío en haber superado el maldito punto de encuentro entre la realidad y la ficción.

Tomo aire, abro los ojos y continúo con la lectura. Si no me equivoco, ahora la narración debería discurrir en algún momento del futuro inmediato. Nada menos.

......

Pese a todo, cierro el relato de Lalana, todavía convencido –aunque cada vez menos, tengo que reconocerlo– de que mi intuición es cierta: que Óscar y Elisa no son quienes dicen ser. Que se trata de dos hábiles estafadores que han entrado en mi casa cambiando la cerradura, aprovechando mi estancia en Benidorm, con la única intención de robarme la vida que antes disfrutaba en solitario. Sí, en lo más profundo de mis bosques de neuronas, ahora ya casi improductivos, sigo pensando que no son sino dos impostores.

Sin embargo, la duda va haciendo mella en mi ánimo, no puedo negarlo. Llevo varios meses en su compañía (ellos dicen que son tres años, pero no puede ser, no puede ser, simplemente no puede ser) y no he conseguido pillarlos en un solo renuncio. Sus pruebas parecen irrebatibles: fotografías, documentos, cartas..., son perfectos. La historia que cuentan, aunque sin duda inventada, parece razonable y encaja como la maquinaria de un reloj suizo en esa vida profesoral, estúpida y anodina que, al parecer, he vivido y, después, olvidado.

Por el contrario, mis propios recuerdos, además de inconexos, parecen sacados de una mala novela de detectives; conservo largos períodos completamente vacíos –años enteros en los que, al parecer, no me sucedió nada reseñable– y cada vez me resulta más difícil defender mi particular versión de mi vida. Una vida que, por otra parte, reconozco que no me pega ni con cola arábiga. Si le hubiera dicho a mi madre que me iba a convertir en detective privado, estoy seguro de que me habría dado una bofetada. En no pocas ocasiones me he sentido ridículo defendiendo la veracidad de unos recuerdos que, vistos con mirada desapasionada, por lo general no tienen ni pies ni cabeza.

No sé qué hacer. Me siento como un globo sonda, a merced de los vientos, sin control alguno sobre mi propio rumbo.

Posiblemente debería acudir a la policía y denunciar la intromisión en mi vida de dos extraños que dicen ser mis parientes y que ellos investiguen por mí. Lo haría sin dudarlo de no ser porque no tengo un solo asidero al que agarrarme, ni una sola prueba de que ellos mientan y yo esté en posesión de la verdad. Mi instinto de supervivencia me obliga a mantener la convicción personal de que viví la vida que recuerdo, pero, siendo honesto, nada a mi alrededor parece corroborarlo. Cada vez con más frecuencia me encuentro dudando de mí mismo. Podría ser que ellos tengan la razón, que yo haya perdido la cabeza, como la perdió mi padre, y que haya sustituido en mi memoria mi vida verdadera por las patéticas andanzas de un personaje literario tras leer esas cinco malditas novelas.

¿Podría ser así de simple?

Naturalmente. Sería la explicación más sencilla. La navaja de Ockham.

Me guste o no, mis últimos cincuenta y cinco años de vida están empezando a resquebrajarse, a difuminarse, a desaparecer, a diluirse como azúcar en agua, sustituidos por la anodina peripecia vital de ese profesor universitario que Elisa y Óscar me han adjudicado sin pedirme permiso ni valorar las consecuencias.

No tengo cómo demostrar quién fui. Carezco de amigos vivos y aun de simples conocidos de cuya cordura me pueda fiar; nadie, que yo sepa, puede dar fe de mis hazañas pasadas.

Seguramente haya llegado el momento de decir adiós al detective Escartín y aceptar que la versión de mi vida que cuentan Óscar y Elisa resulta más razonable que la mía, encaja mucho mejor en mi carácter anodino y, además, habría hecho mucho más felices a mis padres.

No consigo deshacerme por completo de la duda, pero, si fui un gran detective, como yo aún creo, ¿por qué no encuentro el modo de probar que mienten?

Quizá porque no mienten.

Supongo que rendirme sería lo más inteligente. Admitir que no fui quien recuerdo haber sido puede, incluso, resultar sanador. Todo un alivio. Solo tengo que seguirles el juego, llamarlos hija, nieto, llevar flores a la tumba de una exesposa a la que odié y de unos suegros que me aborrecían. Sí, ¿por qué no? Se hacen querer estos dos, esa es la verdad. Elisa es ordenada, limpia, sensata, resuelta, y cocina de maravilla. Y Óscar es... Óscar es el nieto perfecto, ese que a todo abuelo le gustaría tener. Me dan ganas de decirles: «De acuerdo, habéis vencido. Os lo habéis ganado. Me llamo Fermín Escartín y soy un mediocre profesor jubilado. Nunca fui detective. Me casé con Lorena Mendilicueta, tuvimos una hija tardía que se enamoró de un finlandés que le salió rana, aunque, antes de eso, ambos tuvieron un hijo encantador». ¡Y ya está!

Pues ya está. Hecho. Creo que podría acostumbrarme con facilidad a llevar esta vida durante los pocos años que me puedan quedar por delante.

* * *

Tomada la decisión, reúno encima de mi mesa todos los elementos que representan esa falsa existencia: la foto en la que aparezco con Óscar y Lorena en la playa de Salou; las cartas y postales que me escribió Elisa durante los años que vivió en Finlandia; mi título de doctor en Filología; mi carné de la facultad; la foto, con alumnos y compañeros, el día de mi jubilación.

Paseo una mirada lenta por todo ello, asumiendo que son los símbolos de la verdad, me guste o no. Lo cierto es que nunca los había mirado con tanto detenimiento.

«Esta fue tu vida –me digo a mí mismo–. Acéptalo y deja de dar la tabarra, pelmazo, que eres un pelmazo».

Y, DE PRONTO...

De pronto..., veo algo que no me cuadra.

Estaba a punto de pasarlo por alto, pero la intuición, mi proverbial intuición de detective, me lleva a percatarme de que hay una pieza del puzle que se halla fuera de lugar. Muy lentamente, me aproximo a la mesa. Muy lentamente, alargo la mano y tomo una de las primeras postales que Elisa me envió desde Finlandia. Con extremada lentitud, vuelvo a leerla, como ya he debido de hacer cien veces antes de hoy.

Está fechada y matasellada en abril de 2023, a poco de su llegada al país de los mil lagos. Me habla de lo feliz que es, de lo amables que son los finlandeses y de lo hermoso de sus paisajes. La imagen de la tarjeta lo corrobora: una idílica puesta de sol sobre un lago nevado rodeado de árboles imponentes.

Sin embargo, lo que esta vez me ha llamado la atención no es la maravillosa vista ni la pulcra caligrafía de Elisa.

180

Es el sello.

La imagen del sello de Findland Posti, de un euro de valor, representa a un saltador de pértiga en pleno vuelo. A la izquierda, de arriba abajo de la estampilla, un texto breve:

Yleisurheilun MM-kisat – Tokio

No necesito demasiados conocimientos de finés para deducir que se trata de un sello conmemorativo de los Campeonatos del Mundo de Atletismo de Tokio.

Y es curioso, teniendo en cuenta lo mal que me funciona la memoria y la cantidad de cosas que he olvidado, que, sin embargo, recuerde a la perfección que esos campeonatos se celebraron en 2025. En septiembre, concretamente.

Atención, pregunta: ¿cómo pudo Elisa poner un sello de 2025 en una tarjeta postal enviada en 2023?

UNA VUELTA

Salgo de mi habitación. Elisa y Óscar están viendo un documental sobre pingüinos extintos. Se vuelven hacia mí con carita de sorpresa.

Me pongo la gabardina y meto la tarjeta postal de Elisa en el bolsillo interior.

–¿Sales a la calle, abuelo?

–Vuelvo pronto.

–¿Te acompaño?

–No, no te preocupes, Óscar. Esto lo tengo que hacer yo solo.

–Pero ¿adónde vas?

–Aquí cerca. A comisaría.

FIN

......

–¿Fin? ¿Cómo que fin?

Miro y vuelvo a mirar, pero es así. No hay más. Aquí termina el relato. ¿Lo imaginó su autor así de abrupto o es que cayó fulminado mientras escribía estas líneas? Al final, no me he enterado de la causa de su muerte.

Permanezco inmóvil, con la boca entreabierta, durante al menos dos minutos. Me cuesta respirar.

Por fin, aún con el corazón al trote, decido salir de dudas.

Abro el cajón izquierdo del escritorio y saco todas las cartas y postales que conservo de los años de Elisa en Finlandia. Enseguida, doy con la idílica puesta de sol sobre lago nevado. Tiene fecha de abril de 2023, pero lleva el sello de los Campeonatos del Mundo de Atletismo de Tokio. De 2025.

EPÍLOGO: NAVIDAD

Debe de hacer bastante frío ahí fuera, aunque debajo del edredón nórdico estoy de maravilla. Qué gran invento.

Tras remolonear durante un buen rato, decido levantarme a desayunar. Al alzar la persiana, me llevo un susto de muerte. Al otro lado del cristal hay un operario municipal subido a una altísima escalera, colgando guirnaldas luminosas de lado a lado de la calle.

Me hace un gesto de disculpa y le devuelvo el saludo.

Debemos de estar cerca de Navidad, por tanto. Es raro, porque lo último que recuerdo es estar volviendo de pasar unos días en la playa. En este lugar tan famoso... ¿Cómo se llama? Amadorm, creo.

De pronto, un olor me sobresalta.

¿Por qué huele a café?

Abro sigilosamente la puerta de mi cuarto. Hacia la cocina, donde se oye borbotear una cafetera, se dirige una mujer morena a la que no he visto en mi vida. Oh, Dios mío...

Retrocedo, asustado y confuso. Cierro la puerta de mi dormitorio.

–¿Qué está pasando? –murmuro–. ¿Quién es esa mujer?

Estoy tan asustado que me lleva un buen rato descubrir sobre mi mesa un bloc de muelle sobre cuya tapa roja está escrita la frase «Por si mañana no recuerdo».

Lo abro y comienzo a leer mis propias notas. Lo hago dos veces, porque a la primera no puedo creerlo. Pero no hay duda, es mi letra.

Media hora más tarde, salgo por fin de mi habitación.

La desconocida está sentada ante la mesa de la cocina, consultando las instrucciones de un producto limpiador. Me mira y sonríe. Tiene una sonrisa preciosa.

–Buenos días, papá.

–Buenos días..., eeeh..., Elisa.

–¿Has dormido bien?

–Sí. Sí, sí. Como un lirón. De hecho, tengo la sensación de haber estado seis meses seguidos durmiendo. ¡Je! ¿Dónde está César?

–¿Óskar? En clase. Hoy es el último día del trimestre y tenían no sé qué celebración. Se ha llevado unos bocadillos porque comerán en el instituto, pero me ha dicho que no te preocupes, que a las seis estará aquí.

–¿A las seis?

–Para ir contigo al cine. En la Filmoteca echan *Frankenstein*, la versión clásica en blanco y negro. ¿Lo habías olvidado?

–¡No! Claro que no. *Frankenstein*, nada menos. Le va a encantar.

–¿Te pongo el desayuno? ¿Lo de siempre o quieres otra cosa?

–Para qué variar.

Aguardo con cierta impaciencia para averiguar cuál es mi desayuno de siempre. Resulta ser un café americano con miel y un par de sobaos pasiegos.

Cuando estoy terminando el segundo sobao, la mujer se ha vestido para salir a la calle.

–Me voy a hacer la compra. ¿No querrás acompañarme?

–¿Eh? No, no…, ve tú. Parece que hace frío. Yo me quedo aquí, leyendo un libro.

–¿Un libro? ¡Vaya! ¿Desde cuándo te gusta leer?

–Ah. ¿No me gusta? Bueno, nunca es tarde para aficionarse a la lectura.

Cuando la mujer se marcha, decido releer con detenimiento mi cuaderno de notas y también un escrito mecanografiado titulado *Una vida improbable*, que he visto sobre mi mesa, firmado por un tal Fernando Solana. No: Lalana.

Sin embargo, apenas me he puesto a la tarea, suena el timbre de la puerta.

–¿Quién es?

–Policía.

Abro. Ante mí, un tipo grande y fuerte me muestra su credencial. Tras él, al fondo del rellano, veo a un agente de uniforme.

–Buenos días. ¿Don Fermín Escartín? ¿Hay alguien más en casa? Creemos que no, porque hemos estado vigilando su portal, esperando a que salieran las personas que conviven con usted. ¿Puedo pasar?

Alzo las manos.

–¿Me puede hacer las preguntas de una en una, por favor? Como puede ver, soy un viejo.

–Claro. Disculpe. ¿Puedo pasar? Mi compañero se quedará aquí fuera.

—Adelante.

Le ofrezco café, que él rechaza, y nos sentamos en el sofá.

BARETA

—Como le digo, soy el inspector Germán Bareta, de la comisaría de Centro. Vengo a charlar con usted porque se ha cerrado hace poco un operativo en el que hemos desarticulado una organización criminal que...

—¿Criminal?

—Bueno, es un término genérico. No estoy hablando de crímenes de sangre. Esta gente se dedicaba a una variante de la venta ilegal de información confidencial. Seleccionaban personas. Personas... como usted.

—¿Como yo?

—Personas mayores, solitarias, con el mal de Alzheimer u otros problemas de memoria..., y con algún patrimonio. Este piso es de su propiedad, ¿no es así?

—Sí, en efecto. Lo heredé de mi padre.

—Con los medios que existen hoy en día, alguien con dominio de la tecnología puede hacer casi cualquier cosa: falsificar documentos, fotografías, cartas, mensajes... También eliminar datos reales de los archivos de la Administración y cambiarlos por otros. En fin, prácticamente de todo. La organización que hemos desmantelado se dedicaba a inventar vidas ficticias que luego vendían a personas que se hacían pasar por parientes de las víctimas hasta que conseguían, de un modo u otro, poner a su nombre las propiedades de estas. En muchos casos, los intrusos eran extranjeros con problemas de residencia que, de

186

esta manera, también lograban arreglar de modo fraudulento su situación legal.

Yo creo que el inspector este se ha preparado el rollo de memoria.

—¿Por qué me cuenta todo esto, Bareta?

—Porque, ¡ejem...!, entre la documentación incautada a estos estafadores, vimos que... que habían abierto un archivo con su nombre.

—¡No me diga! Pero... yo no cumplo el perfil que usted me explica. No estoy solo. Vivo con mi hija y mi nieto.

Bareta carraspea.

—Precisamente. ¿Hace mucho que viven con usted?

—Déjeme pensar... Unos tres años. Desde que falleció mi mujer.

—Sí, eso hemos comprobado en las bases de datos oficiales, aunque no estamos seguros de que esa información no haya podido ser hackeada en algún momento. Alterada.

—Sí, claro. Como usted dice, todo es posible hoy en día, supongo.

—¿Está usted seguro de que se trata de su hija y su nieto?

Me alzo de hombros.

—Todo lo seguro que necesito estar. Y tenga en cuenta que a mí no es fácil colármela, inspector. Durante muchos años fui detective privado.

—Sí, lo sé.

Alzo las cejas.

—¿Lo sabe? ¿Cómo lo sabe?

—Mi padre estuvo destinado en la comisaría de Montemolín, a las órdenes de la comisaria Sibila Beltenebros.

Una bombilla así de gorda se enciende sobre mi cabeza.

—¡Oh, sí! Me acuerdo de ella. Desde luego que sí.

—Pertenecía a la misma promoción que Eugenio Gómez Cox y Damián Souto. Usted les echó una mano en cierta ocasión para resolver un caso muy complicado, y él... lo mencionaba en ocasiones. Quiero decir que usted formaba parte de las batallitas que mi padre les contaba a mis hijos tras su jubilación.

Trago saliva antes de preguntar.

—¿Aún vive su padre, inspector?

—Oh, no, no. Él ya no... Murió el año pasado.

Me llevo la mano al corazón. Inexplicablemente, sigue latiendo.

—Claro. Todo el mundo ha muerto. Todos menos yo. No sabe cuánto lo siento, inspector. Pero siga, siga usted, por favor...

Cuando, veinte minutos después, los dos policías se despiden, me acerco a la ventana de mi cuarto para verlos marchar. Allá van. A la altura del restaurante Triana, el inspector Bareta, de pronto, se detiene y se vuelve hacia mí. Durante un largo instante, nos miramos de hito en hito. Está serio. Parece disgustado porque yo no haya querido denunciar a Óscar y Elisa.

Que le den morcilla. Esta tarde me voy a la Filmoteca a ver *Frankenstein* con mi nieto.

Los operarios municipales parece que han terminado ya de tender por toda la calle las luces de Navidad.

Las fiestas deben de estar a la vuelta de la esquina.

La mañana es azul y alegre.

Índice

EL SUICIDA IMPROBABLE (1992) 5

UN AMOR IMPROBABLE (2002) 71

UNA VIDA IMPROBABLE (2042) 169

Fernando Lalana

Fernando Lalana nació en Zaragoza en 1958. Tras estudiar Derecho e intentar sin ningún éxito fundar una compañía teatral, decidió probar fortuna con los libros. Pese a carecer por completo de vocación literaria (pensaba ser arquitecto), la literatura se convirtió en su primera y, por ahora, única profesión.

Entre otros, ha obtenido en tres ocasiones el premio Gran Angular de novela juvenil (1984, 1988, 1991), el Barco de Vapor de cuento infantil (1991), el Premio Jaén de Narrativa Juvenil (2006), el Premio EDEBÉ de Literatura Infantil (2012), el Premio Hache (2019) o el Premio Anaya (2023). También algunos en el extranjero, como el Latino Book Award en California (EE. UU.) o el Pier Paolo Vergerio en Italia. En 1991, el Ministerio de Cultura de España, le otorgó el Premio Nacional de Literatura Infantil y Juvenil por su novela *Morirás en Chafarinas* que fue llevada al cine por el director Pedro Olea. En 2010, la entonces princesa de Asturias, Letizia Ortiz, le hizo entrega en Alcalá de Henares del XIV Premio Cervantes Chico, con lo que apareció por segunda vez en el Telediario de La 1 (la primera fue por el Premio Nacional).

Fernando Lalana sigue viviendo en Zaragoza, donde todos los años el Ayuntamiento convoca un premio literario con su nombre. Está casado y tiene dos hijas que, afortunadamente, no quieren ser escritoras.

Bambú Exit

Ana y la Sibila
Antonio Sánchez-Escalonilla

El libro azul
Lluís Prats

La canción de Shao Li
Marisol Ortiz de Zárate

La tuneladora
Fernando Lalana

El asunto Galindo
Fernando Lalana

El último muerto
Fernando Lalana

Amsterdam Solitaire
Fernando Lalana

Tigre, tigre
Lynne Reid Banks

Un día de trigo
Anna Cabeza

Cantan los gallos
Marisol Ortiz de Zárate

Ciudad de huérfanos
Avi

13 perros
Fernando Lalana

Nunca más
Fernando Lalana
José M.ª Almárcegui

No es invisible
Marcus Sedgwick

**Las aventuras de
George Macallan.
Una bala perdida**
Fernando Lalana

Big Game (Caza mayor)
Dan Smith

**Las aventuras de
George Macallan.
Kansas City**
Fernando Lalana

La artillería de Mr. Smith
Damián Montes

El matarife
Fernando Lalana

El hermano del tiempo
Miguel Sandín

El árbol de las mentiras
Frances Hardinge

Escartín en Lima
Fernando Lalana

Chatarra
Pádraig Kenny

La canción del cuco
Frances Hardinge

Atrapado en mi burbuja
Stewart Foster

El silencio de la rana
Miguel Sandín

13 perros y medio
Fernando Lalana

La guerra de los botones
Avi

Synchronicity
Víctor Panicello

**La luz de las
profundidades**
Frances Hardinge

Los del medio
Kirsty Appelbaum

La última grulla de papel
Kerry Drewery

Lo que el río lleva
Víctor Panicello

Disidentes
Rosa Huertas

El chico del periódico
Vince Vawter

Ohio
Àngel Burgas

**Theodosia y las
Serpientes del Caos**
R. L. LaFevers

**La flor perdida
del chamán de K**
Davide Morosinotto

**Theodosia y el
báculo de Osiris**
R. L. LaFevers

Julia y el tiburón
Kiran Millwood Hargrave
Tom de Freston

**Mientras crezcan
los limoneros**
Zoulfa Katouh

Tras la pista del ruiseñor
Sarah Ann Juckes

**El destramador
de maldiciones**
Frances Hardinge

**Theodosia y los
Ojos de Horus**
R. L. LaFevers

Ánima negra
Elisenda Roca

Disidente y perseguido
Joe F. Daniels

El gran viaje
Víctor Panicello

Los cuentos de Lesbos
Àngel Burgas

Un detective improbable
Fernando Lalana